BAISER POUR UN RANCHER

NOËL À HEART FALLS
TOME 5

VIVIAN AREND

A Rancher's Christmas Kiss / Baiser pour un rancher

e-Book ISBN : 978-1-998508-09-9
Broché ISBN: 978-1-998508-10-5
Correction de la version originale par Manuela Velasco
Relecture de la version originale par Angie Ramey & Linda Levy
Traduit par Myriam Abbas et Valentin Translation
Conception de la couverture © Damonza

INTERLUDE

1er janvier, Heart Falls

Le chemin qui menait aux portes de l'église était recouvert d'une fine couche de neige fraîche. Ashton Stewart attrapa la pelle contre le mur en briques et entreprit de le déblayer lentement.

Sa respiration s'échappait en un nuage blanc, la journée fraîche était incroyablement belle. Le mois de janvier en Alberta pouvait être moins avenant qu'un ours, mais ces températures plus basses arrivaient généralement plus tard dans le mois. En phase avec le début d'une nouvelle année, le froid de cette journée était ordinaire. Ce qui voulait dire qu'il était assez vif pour que chaque inspiration lui gèle les poumons et que ses yeux larmoient.

Mais c'était beau comme une carte postale, avec la neige récemment tombée qui s'accrochait aux épicéas. S'il avait pu commander une journée de ciel bleu comme celle-ci, il l'aurait fait.

Ashton poussa un son moqueur à ces pensées. Comme si

c'était *lui* qui commandait. S'il avait pu commander le monde pour qu'il tourne comme il le voulait, il serait arrivé à ce stade de sa vie bien avant l'âge de soixante-cinq ans.

Bien sûr, cela aurait aussi requis d'être beaucoup plus *malin* bien plus tôt. Apparemment, il était du genre à avoir besoin que les leçons soient enfoncées profondément pour enfin rentrer.

Son téléphone vibra dans sa poche. Il se dépêcha de le prendre et la pelle tomba par terre, oubliée.

Ce n'était pas un appel. Ni un e-mail. Fichue technologie. Qu'est-ce qu'une *vibration* voulait dire, déjà ?

Ah oui. Ashton vérifia ses messages et en trouva un venant de son neveu.

Tucker : Où es-tu ?

Ashton aurait voulu ne pas répondre, mais il fallait bien. Ils travaillaient ensemble, et il pouvait y avoir une urgence…

Il secoua la tête. Ce qu'il était en train de faire était *le* plus important. Pour le moment, Tucker n'aurait qu'à s'occuper des problèmes qui surgiraient.

Déterminé, Ashton répondit.

Ashton : J'ai le reste de la journée de libre.

Tucker : Super. C'est bien. Maintenant réponds à ma question.

Ashton : Je suis occupé.

Tucker : Nom d'un chien, dis-moi au moins que tu es à l'église.

Ashton : Oui, j'y suis. C'est flippant.

Tucker : C'est le pasteur qui m'a envoyé accidentellement un texto qui t'étais destiné. Il est en retard. Il dit que tu devrais utiliser le double de la clé pour ouvrir et entrer. La clé est derrière le rosier près de la porte de la cuisine.

Ashton : Merci.

Tucker : Au risque de dépasser les bornes, tout va bien ? Tu as besoin de compagnie ?

Ashton marqua une pause puis répondit : Tout ira bien. Et il vaudrait mieux que tu ne viennes pas parce que si ce que j'espère se produit, ce devrait être tout ou rien. Je t'expliquerai plus tard.

Tucker : D'accord. Je croise les doigts, si ça peut t'aider.

Ashton éteignit son téléphone pour éviter d'autres interruptions, puis le rangea.

Si Sonora acceptait son invitation, tout *irait* bien. Il devait le croire, aussi impossible que cela puisse paraître après toutes ces années.

Il ne lui fallut qu'un instant pour déverrouiller la porte latérale et entrer dans l'église.

Ashton n'y était jamais venu seul. C'était une leçon d'humilité de marcher en silence dans la chapelle, un endroit où réfléchir, et avec un peu de chance faire quelque chose pour inverser le cours des rêves cauchemardesques qu'il faisait récemment.

Ses doigts tremblaient lorsqu'il déverrouilla les portes principales.

Midi moins le quart.

Il sortit pour s'assurer que les deux portes n'étaient pas

fermées à clé et s'ouvraient facilement. Il ne lui fallut qu'un instant pour retirer et accrocher son manteau avant de retourner dans le sanctuaire, avançant aussi lentement que possible vers l'autel.

La lumière du soleil se déversait par les vitraux en carrés de couleurs vives tout le long de l'allée. Le silence planait dans l'air, le calme solennel n'était brisé que par le faible bruit du vent qui sifflait contre le haut clocher.

Habillé de son plus élégant costume, avec des bottes cirées et les cheveux peignés en arrière aussi soigneusement que possible, Ashton se serait senti idiot si son cœur n'avait pas battu la chamade.

Il jeta un coup d'œil à sa montre. Midi moins cinq.

Peut-être qu'il devait prier. C'était le bon endroit, non ? Peut-être que la prière était ce dont il avait besoin pour que son miracle se réalise.

Il examina chaque centimètre du lieu en pivotant. Il restait des bougies et des décorations de la saison des fêtes. Dans le coin de la plateforme à l'avant, une guirlande brillante étincelait sur le sapin, au sommet duquel l'étoile était légèrement de travers. Un endroit assez ordinaire pour que l'extraordinaire se produise.

Je vous en prie, mon Dieu.

Sa prière, de bout en bout. Il ne pouvait pas du tout l'améliorer.

Il jeta un autre coup d'œil à sa montre.

Encore deux minutes à attendre.

Deux minutes avant qu'il ne découvre s'il avait trouvé la vérité à temps pour sauver son âme.

Deux minutes avant que Sonora n'arrive.

Ou pas...

La porte s'ouvrit derrière lui, et il se tourna vers la lumière du soleil.

LES FANTÔMES DU NOËL PASSÉ

Décembre, dix-huit ans plus tôt

Un joyeux désordre animait les couloirs et les chambres à l'étage de la nouvelle maison des Fields à Heart Falls. La matriarche de la famille, Sonora Fallen, souriait, impatiente, alors qu'elle se tenait à la porte d'entrée et absorbait les rires, les cris excités et la musique joyeuse.

La mi-décembre, c'était tard pour la frousse du premier jour d'école, mais ils géreraient.

Puis elle alla chercher sa petite-fille la plus âgée, qui se trouverait aussi loin du bruit et de l'agitation que possible, elle le savait.

Effectivement, Ivy, quatorze ans, était lovée dans un très grand fauteuil placé dans un coin du nouveau salon. Délicate comme toujours. En cet instant ses joues pâles étaient rouge vif. Son sac à dos était posé sur la table devant elle et elle avait une brosse à la main.

Sonora s'installa sur le repose-pieds.

— Tu veux que je te natte les cheveux ?

— Oui, s'il te plaît, mamie.

Elles échangèrent leurs places. Sonora examina les minces épaules devant elle et remarqua avec fierté qu'Ivy se tenait droite, respirait calmement et régulièrement.

Sonora passa lentement la brosse dans les longs cheveux blond platine, appréciant le calme et la paix de ce petit coin, même si la maison était pleine de vie et d'amour. Exactement ce dont Ivy avait besoin.

Autrement dit, cela faisait partie de ce dont Sonora avait besoin – la raison pour laquelle elle avait accompagné sa fille, son gendre et leur famille dans leur déménagement dans cette petite ville. Elle croisait les doigts pour que bientôt, ses poules soient installées et heureuses dans leur nouveau foyer ici, à Heart Falls.

— Prête pour l'école ? demanda-t-elle en commençant la natte d'Ivy.

— Oui. Je pense, ajouta Ivy doucement. Je sais que déménager quand nous l'avons fait était le mieux pour Tansy, et je suis vraiment contente que nous ayons pris deux mois pour apprendre à la connaître pendant que nous étions scolarisées à la maison. Mais j'ai un peu peur, comme nous avons emménagé si tard, que ce soit difficile de se faire de nouveaux amis. Tous les autres sont ensemble depuis septembre.

Sonora partit d'un petit rire.

— Tu ne veux sans doute pas qu'on te le rappelle, chérie, mais c'est une très petite ville. Tous les autres sont peut-être ensemble depuis *la maternelle.* Je doute qu'arriver en septembre ait changé grand-chose.

Ivy hoqueta, puis se mit à rire.

— Cela n'arrange pas mon niveau de stress pour le premier jour. Tu es terrible, mamie.

— Je suis honnête, répliqua Sonora. C'est pour ça que,

lorsque je vais te dire le reste, tu pourras être sûre que je ne te roule pas dans la farine. Je te comprends, ainsi que tes inquiétudes. J'en partage certaines, tu sais. Je recommence aussi, et je n'ai pas l'école pour mettre en rang les gens et me permettre de trouver des personnes comme moi.

Ivy pencha la tête.

— J'ai oublié que tu devais trouver aussi de nouveaux amis.

— Nous avons toutes les deux le droit d'être un peu anxieuses, dit Sonora en serrant l'élastique avant de marquer une pause pour prendre le visage d'Ivy entre ses mains. Le reste ce dont je veux que tu te souviennes, c'est que tout le monde n'a pas à t'apprécier. Un ou une amie. *Un* visage amical, c'est tout ce dont nous avons besoin pour entamer le voyage.

— Pour toi aussi ?

Sonora hocha la tête.

— Je te le dirai dès que je trouverai cet ami. Et tu feras la même chose, d'accord ? Nous pourrons nous encourager.

Ivy hocha la tête.

— D'accord.

Sonora lissa la longue natte qui tombait presque à la taille d'Ivy. À l'instant où elle eut terminé, sa petite-fille l'étreignit fort.

— Je t'aime, mamie.

— Je t'aime aussi. Maintenant, allons trouver Rose et Tansy pour voir si tes sœurs sont prêtes pour leur entrée au collège.

— Au moins, elles sont ensemble, dit Ivy avec mélancolie avant d'esquiver les doigts chatouilleurs de Sonora. Je sais, je sais. Un visage amical.

Une demi-heure plus tard, la voix de Malachi résonnait alors qu'il convoquait la famille.

— À la porte d'entrée, tout le monde. J'ai besoin d'une photo pour l'album familial.

Il y eut l'habituel tohu-bohu pour se mettre en place.

Sonora sourit, amusée, en contemplant les trois aînées de ses petites-filles.

Ivy se tenait calmement d'un côté, seules ses articulations blanchies sur son manteau bleu ciel révélant son stress. En revanche, les deux filles de douze ans à côté d'elles bourdonnaient d'énergie. Les longs cheveux bruns de Rose étaient à peine ondulés, tellement elle les avait brossés. À côté d'elle, les cheveux châtain clair de Tansy rebiquaient en un carré indiscipliné, et ses yeux étincelèrent avant qu'elle ne lance un sourire en coin et passe un bras autour des épaules de Rose.

La peau d'Ivy était plus blanche que blanche, celle de Tansy avait des teintes de crème pâle, et celle de Rose était d'un marron clair. Leurs hauts étaient vert, jaune et rouge.

Leur mère, Sophie, se mit à rire puis déplaça leur fille de trois ans dans ses bras sur son autre hanche.

— Vous vous êtes habillées pour correspondre à vos prénoms[i]. Vous auriez dû me le dire. J'aurais mis Fern en vert aussi.

Malachi faisait des gestes frénétiques.

— Le retardateur est en route. Le portrait familial est dans dix, neuf, huit…

Tous les sept se serrèrent. Fern se pencha sur le côté dans les bras de sa mère, attrapa Sonora et l'embrassa sur la joue de manière impulsive juste au moment où le flash se déclenchait.

— En voiture ! annonça Sophie en passant Fern à Malachi. Mamie conduit. Elle et moi aurons de l'exploration à faire une fois que vous serez toutes rentrées à l'école.

Tansy et Rose marquèrent une pause pour embrasser leur petite sœur et lui dire au revoir. Ivy resta près de la porte et agita sincèrement les doigts vers Fern, et la bambine répondit par de généreux baisers de loin.

Quand les filles furent déposées à l'école, Sonora était prête à suggérer d'aller prendre un café avec un remontant pour calmer son propre stress.

Sophie semblait d'accord. Elle regardait par la vitre et examinait les boutiques qui défilaient.

— Avons-nous le temps d'aller boire un café ? J'aurais bien besoin d'une injection de caféine.

— Pourquoi pas le *diner* sur Second Street ? proposa Sonora en fronçant les sourcils en prenant cette direction. Je ne sais pas si j'ai vu d'autres options.

— Heart Falls est beaucoup plus petit que Calgary, mais je pense que les pour l'emporteront sur les contre sur le long terme.

Le S & J Café était aménagé et décoré comme toutes les entreprises familiales de petite ville que Sonora avait vues. Les mêmes mugs en céramique blanc cassé qu'elle avait vus dans un million de placards d'église. Les mêmes chaises en métal avec des coussins d'assise en plastique, les mêmes tables imitation bois dans les box. Mais il y avait quelque de réconfortant dans cette similitude. Sonora ne désapprouvait pas.

Lorsque la serveuse fatiguée remplit leurs mugs d'un liquide noir que Sonora présuma être du café, elle retint son amusement.

Sophie regarda son mug avant de boire prudemment. La vitesse avec laquelle elle tendit la main vers le sucrier et ouvrit trois sticks supplémentaires disait tout.

— Si bien que ça ?

— C'est très... excitant, répondit Sophie en clignant vivement des yeux avant de parler doucement. Nous allons installer un coin café dans la librairie pour Malachi. Sinon il ne survivra jamais.

— Bonne idée. Rien d'assez grand pour faire des vagues,

mais ce sera une occasion de laisser une chance aux gens avec des papilles gustatives.

Sonora but dans son mug et eut un hoquet.

— Oh, non. Oublie l'idée de ne pas faire de vagues, continua-t-elle en se penchant vers elle. Puis-je te convaincre d'ouvrir un café au lieu d'une librairie ?

Sophie se mit à rire.

— Non. Maintenant dis-m'en plus sur tes projets. Je sais que la vente est confirmée. Quand seras-tu officiellement propriétaire de la maison à la campagne ?

Sonora se carra contre la banquette recouverte de plastique, abandonna le café et se concentra sur la nouvelle aventure charmante qui l'attendait.

— Le 1er janvier. Mais c'est un peu irréel. Imagine, je possède un morceau de terre, une écurie et un manège, et une maison avec quatre chambres. Je suis tellement excitée que je n'arrive même pas à décrire cette sensation !

— Je n'arrive pas à croire que tu le fasses vraiment, dit Sophie, avant de vite lever la main. Oublie ça. J'arrive tout à fait à le croire, et je suis heureuse pour toi, maman. J'ai adoré avoir ton aide avec les filles, surtout lors de ces six derniers mois, pendant que nous gérions l'adoption de Tansy et que nous l'accueillions dans la famille. Mais tu mérites d'avoir ta propre maison et de ne pas être tout le temps à ma disposition.

— Être utile a été une joie pour moi, répondit Sonora. Mais il est temps pour toi de profiter de ta famille sans que je sois constamment dans tes pattes. C'est important aussi, tu sais. De créer tes propres traditions. De plus, Malachi et toi pourrez enfin discuter sans qu'une autre opinion ne s'immisce entre vous deux.

— Tu ne t'immisces pas, insista sa fille adoptive, et Malachi dirait la même chose. Mais je suis d'accord pour que tu ne vives pas avec nous tant que tu promets de nous rendre visite autant que tu voudras. Si tu te sens un jour seule, passe à la maison. S'il te plaît ?

Sonora lui serra la main.

— Bien sûr. Je vous aime tous, et je prévois de prendre une dose de famille au moins une fois par semaine.

Leurs repas arrivèrent. La nourriture était bonne et copieuse, et pendant qu'elles mangeaient, elles discutèrent tranquillement comme tous membres d'une famille qui s'appréciaient. Avec seulement neuf ans d'écart, Sonora avait toujours senti que son rôle était plus celui d'un guide que d'une figure parentale pour Sophie.

Des rires graves s'élevèrent d'un coin du restaurant, et elles se retournèrent pour examiner le groupe d'hommes rassemblés là-bas.

Six ou sept, deux debout qui discutaient avec ceux qui étaient assis à table. Des hommes de la terre, devina Sonora en regardant les gros manteaux et les chapeaux de cow-boy sur la tête de ceux qui s'étaient arrêtés pour discuter.

Deux d'entre eux arboraient des barbes qui auraient eu besoin d'être taillées. Sonora garda son opinion pour elle, ou en tout cas elle prévoyait de le faire jusqu'à ce que Sophie se penche et chuchote :

— Des pères Noël en formation, ces deux-là, tu crois ?

— Terrible enfant.

Même si Sonora savait de qui la jeune femme tenait ça. Elle lança un clin d'œil à sa fille.

— Tu pourrais avoir raison, continua-t-elle. Ils pourront utiliser les vingt prochaines années pour maîtriser ce look.

— Ils le maîtrisent sans doute déjà, mais s'ils ne font pas d'entretien d'ici là, ils finiront par ressembler au Yéti plutôt qu'à Saint Nicolas.

Un des hommes qui étaient debout changea de position, et

l'attention de Sonora fut attirée sur la dernière personne du groupe.

Ça, c'était un homme attirant. Rasé de près, d'environ son âge, devina-t-elle, avec des cheveux bruns et une peau bronzée. Son hâle évoquait vraiment le grand air, mais cela lui allait bien. Il était un peu brut de décoffrage, mais elle avait toujours apprécié ça chez un homme. C'était bien de savoir qu'il y avait de beaux hommes à admirer en ville.

Cela ne l'intéressait pas du tout de sortir avec quelqu'un. Elle allait posséder une maison et vivre seule pour la première fois. C'était assez excitant pour satisfaire n'importe qui.

Elle ramena son attention sur sa fille et profita de l'instant.

La matinée passa en un clin d'œil. Sophie retourna à la maison, pendant que Sonora faisait encore quelques courses avant de retourner chercher les filles. Tansy et Rose finiraient par faire le court trajet à pied, mais Ivy... cela dépendrait de sa santé.

Mais pour le premier jour... tout le monde rentrerait en voiture.

Avec quelques minutes d'avance, Sonora franchit les portes principales de l'école, en prévoyant d'examiner les informations sur les fêtes et les expositions d'art près du bureau principal.

Étonnamment, Ivy était assise d'un côté du couloir. Elle portait déjà son manteau et ses bottes, et ses mains étaient posées sur ses genoux, le regard perdu dans le vide vers le mur en face du banc.

Sonora s'installa près d'elle et prit sa main.

— Dure journée ?

Sa petite-fille cilla comme si elle était surprise de la découvrir là.

— Bonjour, Mamie. Non, ça n'était pas mal.

D'accord...

— Mais tu es prête à partir en avance.

— La professeure a suggéré que je prenne mes affaires et que j'évite la ruée avant que les couloirs ne soient bondés, répondit Ivy en plissant le nez avant de parler doucement. Je pense qu'elle essaie d'être gentille parce que certains enfants étaient méchants.

La question était : méchants à quel point ? Et Sonora pouvait-elle convaincre sa fille, et elle-même, que lancer la Colère de Maman sur les coupables n'était peut-être pas la meilleure solution ?

— Ils avaient un devoir aujourd'hui, que je n'ai pas eu à faire, continua Ivy. Puis il faisait assez froid pour que je reste à l'intérieur au déjeuner. À mon grand bureau à l'arrière de la classe que je n'avais pas à partager.

— Oh, oh, fit Sonora.

Ivy soupira.

— Quelqu'un a décidé que je devrais être appelée *Icy*[ii] au lieu de *Ivy*.

Sa petite-fille leva sa main libre pour s'essuyer les yeux, et Sonora révisa son jugement quant à laisser les enfants tranquilles. Les adolescents pouvaient être des êtres tellement affreux !

Puis quelque chose d'incroyable se produisit. Ivy lui serra les doigts.

— Mais je me suis fait un ami.

Sonora cilla.

— Vraiment ?

Ivy hocha la tête.

— Avant la fin du déjeuner, ce garçon est revenu dans la classe. Il s'appelle Walker, et il m'a demandé s'il pouvait me parler.

Curieux. Non seulement cette histoire, mais le fait qu'une touche de couleur était revenue sur les joues d'Ivy.

— Et est-ce qu'il pouvait ? demanda Sonora.

Sa petite-fille hocha rapidement la tête.

— Il vit dans un ranch juste à la sortie de Heart Falls. Il a trois frères et une sœur, et ils élèvent des chevaux et du bétail, et ils ont des écuries…

Ivy regarda Sonora, rougissant encore plus.

— Il a dit que sa sœur, Ginny, serait dans la classe de Rose et Tansy, ainsi que sa meilleure amie, Dare, et que nous devrions toutes venir un jour au ranch. Ses parents aiment les visites.

— Eh bien, c'était très prévenant, dit Sonora en tapotant la main d'Ivy puis en se levant avant de la guider vers la porte. Nous les appellerons bientôt.

— J'ai leur numéro, répondit Ivy en cherchant dans sa poche pour en sortir une feuille de bloc-notes pliée. Walker m'a dit que je devrais demander à maman d'appeler sa mère ce soir parce que ça va être chargé avec les fêtes, et qu'il voulait vraiment…

Les joues de la jeune fille devinrent encore plus rouges, mais elle déglutit péniblement, et même si elle regardait fixement le sol en parlant, elle réussit à dire :

— Il voulait vraiment que je voie le ranch.

Il se passait quelque chose de plus important que le fait qu'Ivy était impressionnée par ce gentil jeune homme. La fille souffrant d'anxiété sociale était prête à retrouver des quasi-inconnus ?

Il semblait que des progrès rapides les attendaient dans leur nouvelle ville.

Sonora hocha la tête avec approbation.

— Bien, alors. Je suppose que nous allons les appeler.

1

C'était cohérent, supposa Ashton Stewart, étant donné que le ranch de Silver Stone tournait depuis un peu plus de vingt ans, et qu'il en faisait partie depuis le début.

C'était sa stalle préférée, voilà sa seule certitude. Celle où, en quelques pas ou en tournant stratégiquement la tête, il avait une vue dégagée sur tous ceux qui allaient et venaient dans l'écurie principale.

En tant que contremaître, il devait être au courant de ce qui se passait. Mais plus que ça, il *aimait* savoir. Il aimait être utile et en avance non seulement quand il s'agissait de son travail, mais aussi pour être là pour les gens auxquels il tenait.

Cela signifiait qu'il sut à quel moment exact Walter Stone sortit de la sellerie. Grand et robuste, avec une peau bronzée par des heures de labeur en extérieur, le copropriétaire de Silver Stone se frotta les mains sur les cuisses en avançant lentement dans le couloir, le regard errant sur les chevaux, un sourire de satisfaction sur le visage.

Un homme bien, le patron d'Ashton. Quelqu'un qu'il qualifiait volontiers d'ami, aussi.

Walter marqua une pause près de la porte ouverte de la stalle, caressant Lonesome Charlie sur les naseaux en parlant à l'animal qu'Ashton étrillait.

— Tu es un vieux garçon gâté, n'est-ce pas ?

— Eh bien, voilà une manière sympa de parler à ton contremaître, fit semblant de ronchonner Ashton. Qui est-ce que tu traites de vieux ?

Walter se mit à rire et apaisa le cheval surpris de quelques claquements de la langue.

— Certainement pas toi, étant donné que ça me mettrait dans le même sac. Nous sommes éternellement jeunes, toi et moi.

— C'est beaucoup mieux, dit Ashton en continuant à travailler mais en lui lançant ostensiblement un coup d'œil. Tu as l'air d'avoir fini pour la journée.

— Je suppose, oui. Deb m'a dit de m'assurer de m'arrêter à l'heure. Je n'ai pas les tripes pour me pointer moins d'une demi-heure en avance quand elle dicte sa loi.

— Tu es un homme intelligent, répliqua Ashton.

Même si ce n'était pas parce que son épouse était une perturbatrice. Non, Deb était merveilleuse, et rester dans ses bonnes grâces était une question de respect plutôt que de peur. Contrairement à certains...

— Quand tu auras terminé, viens nous rejoindre à la maison, proposa Walter. Nous faisons un barbecue pour de nouveaux voisins.

Ashton continua à étriller le cheval, de plus en plus amusé.

— Je déteste te dire ça, patron, mais tu as mélangé les saisons.

— Caleb a dit la même chose, alors sa sœur lui a promis qu'elle ferait du chili extra-épicé pour compenser la neige par terre, répondit Walter en s'appuyant sur la petite assise et en croisant les bras sur son torse. La nouvelle famille a des enfants qui ont presque le même âge que mes trois plus jeunes, si tu arrives à le croire. Mais selon Deb, qui a parlé avec leur mère, une soirée en extérieur avec de la place pour se disperser sera le mieux. Alors nous allumons un feu de camp, nous sortons les luges et nous nous préparons un peu pour une mêlée générale.

— Ça m'a l'air d'une aventure. Ça me plairait de venir dire bonjour, même si je ne vais peut-être pas rester longtemps, dit Ashton en lançant un grand sourire à son patron. Le chili épicé de Ginny est un bon argument. Même à douze ans, cette fille a de la technique en cuisine. Des plats simples, mais délicieux.

— Alors à plus tard.

Walter hocha la tête et s'éloigna lentement en sifflant.

Il se passait toujours quelque chose dans la maisonnée Stone. Avec cinq enfants – le plus âgé de vingt et un ans et le plus jeune de cinq ans –, il fallait s'y attendre. Ashton passa lentement la brosse sur le garrot de Lonesome Charlie, terminant sa tâche avec plaisir.

Le ranch de Silver Stone était un bon foyer pour lui aussi, et Ashton appréciait sa chance chaque jour. Pouvoir regarder la famille grandir au cours des années était spécial, surtout pour lui qui n'en avait jamais eu.

Cela ne lui manquait pas. Pas vraiment. Cela n'avait jamais été un de ses buts.

Ses pensées dérivèrent tandis qu'il terminait ses dernières tâches et s'assurait que les ouvriers du ranch de service cette nuit-là étaient tous à leur poste. Ashton entra dans la chaleur de sa chambre privée à l'extrémité de la longue rangée de dortoirs. Il se débarbouilla rapidement avant d'aller à la maison principale du ranch.

Il enfilait ses bottes quand le téléphone sonna. Il l'attrapa rapidement et le cordon s'enchevêtra alors qu'il plaçait le récepteur contre son épaule et retournait à ses bottes.

— Ashton.

— Bonjour. Je ne te dérange pas ? demanda rapidement son frère. Je ne te retiendrai pas longtemps.

— Hé, Steve. J'ai quelques minutes. Comment ça va ? Comment va mon neveu préféré ?

— Tucker est ton seul neveu, dit Steve d'un ton pince-sans-rire. Nous allons tous physiquement bien. Mais la moyenne de Tucker est mauvaise, alors Lynn et moi l'avons inscrit à des cours de rattrapage pendant les fêtes. Avec un peu de chance, cela améliorera ses notes avant que l'année scolaire ne soit terminée.

Pauvre gosse. Le garçon de seize ans était doué avec les animaux, pourtant le frère d'Ashton et sa femme semblaient déterminés à le transformer en universitaire comme eux.

— Assure-toi qu'il s'amuse un peu dehors aussi, d'accord ? Les adolescents réfléchissent mieux s'ils peuvent brûler de l'énergie avant.

Un soupir patient résonna dans le téléphone.

— Étant donné que nous avons un enfant et pas toi, excuse-moi si je n'accepte pas ton conseil parental.

— Ce sont des conneries, j'en ai. Je suis plus ou moins le père d'une douzaine d'ouvriers au ranch, répliqua Ashton. Lâche un peu Tucker. C'est tout ce que je dis.

— En tout cas, continua Steve, Lynn et moi planifions l'année prochaine et avons besoin d'une confirmation. Tu prendras encore Tucker pendant l'été ?

— Bien sûr.

Ashton appréciait d'avoir le gamin plus qu'il ne s'y serait attendu. De plus, il savait que son neveu attendait avec impatience de passer du temps avec ses amis Stone. Maintenant, comment dire oui de la manière que son frère avait besoin d'entendre...

— À la vérité, Silver Stone prévoit d'augmenter sa production l'année prochaine. Tous les garçons seront assez grands pour nous aider, alors merci de me le laisser. Je m'assurerai qu'il apprenne beaucoup de choses.

— C'est bien. Je dois y aller. Prends soin de toi.

L'appel prit fin, la tonalité bourdonnant dans l'oreille d'Ashton.

Il raccrocha et secoua la tête en enfilant son manteau le plus chaud pour aller à la soirée.

C'était dommage que le lien le plus fort qu'il ait avec Steve soit son neveu. Ashton était heureux que Tucker existe, alors même qu'il se demandait comment son frère et lui pouvaient bien être aussi différents de tant de manières. Ils ne se détestaient pas, mais il n'y avait pas grand-chose qu'Ashton admirait chez Steve non plus.

Réfléchissant toujours, il traversa la cour enneigée vers la foule d'enfants qui montaient et descendaient lentement la petite colline derrière la maison. Le plus âgé, Caleb, tirait une luge où son plus jeune frère, Dusty, et une petite silhouette habillée en rose vif étaient assis. La promenade impliquait de beaucoup agiter les bras de la part du garçon de cinq ans, et un rire doux de petite fille s'élevait de la nouvelle venue assise avec Dusty.

Ashton hocha la tête en guise de salut à Walter et s'avança pour être présenté à la nouvelle famille.

Le grand homme noir près de Walter se mit à rire en réponse à un commentaire et passa un bras autour de la mince femme blanche aux cheveux blonds à côté de lui.

Une autre femme à la peau d'un blanc crème elle aussi se tenait à côté, un doux sourire aux lèvres alors qu'elle regardait la cour où les enfants jouaient. Elle avait de longs cheveux blond clair, avec une épaisse mèche gris argenté devant. Son visage n'avait pas les mêmes traits que la plus jeune femme, mais peut-être était-ce une sœur aînée ?

— Ah, le voilà ! déclara Walter en faisant un geste vers

Ashton, et les trois nouveaux venus se tournèrent vers lui. Le contremaître de Silver Stone et notre bon ami, Ashton Stewart. Ashton, viens rencontrer nos nouveaux voisins.

Le grand homme lui tendit la main.

— Malachi Fields. Voici mon épouse, Sophie.

— Ravi de vous rencontrer tous les deux. Bienvenue.

Ashton serra la main de l'homme, puis celle de Sophie.

Un cri perçant résonna depuis la pente de luge. Ils se tournèrent à temps pour voir le cadet de Walter rebondir sur ses pieds et agiter la main vers eux.

— C'est bon. Tout le monde va bien ! cria Luke en délogeant les filles qui riaient de l'endroit où deux luges étaient entrées en collision à la base de la colline.

— Les petits n'étaient pas dans cet accident, je suppose ? demanda Sophie.

— Caleb s'en occupe, lui assura Ashton en pointant du doigt le côté de la colline. C'est un jeune homme solide. Il prendra soin d'eux. Est-ce que votre petite dernière est avec lui ?

— Fern. Elle a trois ans, indiqua Malachi.

Il regarda autour de lui puis pointa du doigt les deux filles qui remontaient précipitamment la colline avec Luke et sa sœur.

— Tansy et Rose, toutes deux douze ans.

— Et Ivy, notre aînée, a quatorze ans, dit Sophie. Walker l'a emmenée voir les chevaux.

Ashton hocha la tête puis reporta son attention vers la dernière personne qu'il devait saluer.

Sophie continua :

— Et voici ma mère, Sonora Fallen.

Sa mère.

Comment donc ?

Ashton les regarda toutes les deux. Comment était-ce

possible ? Sophie avait l'air d'avoir entre trente et trente-cinq ans. Impossible que Sonora soit plus âgée que lui, encore moins qu'elle ait la cinquantaine. Ses yeux bleus étaient vifs, emplis d'espièglerie, avec un éclat argenté qui y dansait. Des pattes d'oie en creusaient les coins, mais pas comme elles auraient dû si elle était la grand-mère d'une fille de quatorze ans.

Sonora haussa un sourcil.

— Il y a un problème ?

Bon sang. Ashton l'avait fixée du regard. Et pire, elle avait tendu la main, qu'il l'avait déjà prise et pourtant, il se tenait là sans bouger, les doigts de Sonora piégés entre les siens.

— Désolé, dit-il rapidement en lui serrant la main. Bienvenue à Heart Falls. C'est une super petite ville. Elle doit encore grandir, mais vous devriez trouver tout ce dont vous avez besoin pour être à l'aise. J'espère que vous vous installerez bien.

— Nous ferons de notre mieux. Mais je ne vis pas en ville.

— Sonora a acheté la vieille propriété en location de l'autre côté de la route, l'informa Walter. Tu te demandais qui emménageait.

Ashton s'enorgueillissait de réagir rapidement, mais étrangement, il se retrouva sans voix.

— Le vieux logement de Crofter ?

— C'est ça, dit Sonora joyeusement en se tournant vers Walter. Je prévois de faire quelque chose avec mes terres, mais c'est sans doute plus que je n'en ai besoin. Vous avez dit que vous pourriez avoir une idée ?

— Avant, nous faisions du foin avec les zones extérieures. Si vous voulez, Ashton verra avec vous pour vous expliquer quand nous cultiverons, couperons, et le tout le reste. C'est l'accord que nous avions mis en place avec les autres voisins au cours des années.

— Ça me paraît merveilleux, répondit Sonora alors que son

attention se posait sur Ashton. Quand pourrions-nous nous retrouver ? Je suis libre presque tous les jours cette semaine, alors dites-moi quand ça vous conviendra.

Il marmonna un peu, sa langue et son cerveau refusaient de se coordonner.

Le sourire prétentieux de Walter n'aidait pas, et Ashton lui lança un bref regard noir avant de réussir à faire une suggestion que Sonora accepta immédiatement.

Malachi et les dames s'éloignèrent à la rencontre d'une autre famille qui traversait la cour pour se joindre à eux, laissant Walter et Ashton seuls.

Un petit ricanement venait de son ami.

Ashton lança tranquillement son coude et heurta énergiquement Walter dans les côtes.

Le ricanement se transforma en un rire forcé.

— Je suis désolé, avança Walter. Mais ton visage était impayable pendant un moment. Je ne t'ai jamais vu si sidéré de ma vie.

Walter lui donna une tape sur l'épaule pour le guider vers le barbecue placé sur un côté de la maison.

— Pas sidéré. Mais perplexe, admit Ashton. C'est la *mère* de Sophie ?

— Je ne sais pas comment c'est possible non plus, dit Walter d'un ton dégagé. Je suppose que tu pourras en apprendre davantage quand tu feras du gringue à la belle Mme Fallen cette semaine pendant votre rencard.

Ashton tourna brusquement la tête vers Walter et lui lança un regard noir.

— Ce n'est pas un rencard.

Walter ne répondit pas. Il alluma simplement le barbecue et commença à siffler alors qu'il se préparait à nettoyer la grille.

— Espèce de con, ronchonna Ashton.

Walter se remit à rire, comme Ashton s'y attendait.

— Peut-être.

Il croisa son regard, puis son sourire redoubla.

— Mais un con qui voit une occasion prendre forme que seul un idiot ignorerait.

Pourtant l'*ignorer* était l'option la plus intelligente à ce stade. Quelle que soit la beauté de la nouvelle voisine. Ashton avait besoin de plus de temps pour réfléchir avant de faire des suppositions ou de prendre des décisions.

Il ne cherchait pas à ce que sa vie change. Pas vraiment.

— Prends la nourriture et je vais finir ça, dit Ashton en volant la brosse à barbecue à Walter puis en l'écartant.

Une jolie tâche abrutissante qui permettrait à son regard et à son esprit d'errer. Et si les deux se tournaient vers Sonora…

Qu'il en soit ainsi.

2

La ferme ne serait officiellement à elle que dans quelques semaines, mais quand Sonora passa au bureau pour organiser une autre visite, l'agent immobilier lui donna simplement une clé.

— La maison est vide. Je ne vois aucune raison pour que vous ne puissiez pas aller prendre des mesures. Vous pourriez aussi bien vous préparer à emménager dès que la banque donnera le dernier feu vert.

La femme lui fit un geste amical de la main puis laissa Sonora s'en aller seule vers sa future maison.

Les petites villes. On ne pouvait que les aimer.

Sonora s'arrêta devant la porte, se demandant soudain si elle était seulement verrouillée. Effectivement, la poignée tourna facilement sous ses doigts, et elle secoua la tête avec plus d'amusement que d'inquiétude.

Les petites villes, effectivement.

Les gonds de la porte se plaignirent d'une façon stridente quand elle passa dans le hall d'entrée. Elle marqua une pause pour accrocher son manteau sur une des patères disponibles.

Une lente errance dans la maison s'ensuivit, Sonora se sentait presque grisée d'excitation alors qu'elle la parcourait. C'était plus qu'elle n'en avait besoin, mais le prix avait été convenable. Deux chambres simples étaient placées à l'arrière. Avec des fenêtres du côté est de la propriété, les pièces se rempliraient de soleil chaque matin. La salle de bains commune entre elles contenait un plan de toilette avec deux vasques et une petite baignoire-douche.

Du côté nord se trouvait la chambre principale avec une salle de bains attenante qui avait tout ce que Sonora pourrait vouloir même s'il n'y avait pas de baignoire profonde. Et pour terminer, il y avait une quatrième chambre, qu'elle appellerait une chambre d'enfant démesurée.

À l'avant de la maison, la cuisine soignée n'avait pas besoin d'améliorations, sinon quelques babioles pour lui donner du caractère. L'espace cosy à côté fonctionnerait à merveille avec un renfoncement intégré ou une longue table en tréteau.

Mais la principale caractéristique de la maison était le salon. Un poêle à bois, beaucoup de place pour plusieurs canapés et une vue à couper le souffle. Les fenêtres faisaient face aux montagnes à l'ouest, avec des kilomètres de prairie dégagée devant et sur les côtés de la maison, sans aucun signe visible de civilisation.

Le seul meuble dans la maison était une vieille chaise bancale, et Sonora s'assit dessus, fascinée par le paysage.

— Greg, tu aurais adoré ça, dit-elle au fantôme de son mari.

Se carrant sur la chaise, les jambes étirées devant elle, elle réfléchit à tous les moments qui avaient mené à celui-ci. Voyager, tomber amoureuse, fonder une famille avec Greg, puis soudain le perdre. Les années où elle avait élevé seule Sophie, sa fille adoptive, puis finalement apporté son aide quand la famille s'était agrandie.

Le silence bourdonnait dans les oreilles de Sonora. Elle s'immobilisa, écoutant aussi intensément qu'elle put.

Rien.

Pas de voix, pas de rires.

Non seulement les sons humains étaient absents, mais même les bruits de fond qui existaient dans les maisons avec plusieurs habitants. Ici et maintenant, les parquets étaient silencieux. Pas de machine à laver, ni de lave-vaisselle, ni de robinets ouverts, ni de musique. Aucun bourdonnement d'appareils, et sans vent à l'extérieur, les branches qui auraient pu taper sur les murs ou les fenêtres restaient immobiles.

Le silence total.

Un sourire apparut, étirant les coins de ses lèvres, et une dose enivrante de satisfaction l'enveloppa de la tête aux pieds.

— C'est ce dont j'ai besoin. Pour l'instant, en tout cas, dit-elle en parlant à haute voix pour Greg, comme elle le faisait occasionnellement.

Il n'était plus là depuis plus longtemps qu'il n'avait été son mari, mais l'habitude perdurait.

— Les années où j'étais avec Sophie et où j'ai regardé sa famille s'agrandir ont été un privilège, et je n'abandonne pas cela. Mais ça ?

Elle prit une profonde inspiration, puis la relâcha si lentement que les battements de son cœur étaient le seul bruit dans l'univers.

Bang, bang, bang.

Sonora se redressa brusquement, surprise, en entendant le vacarme bruyant et impétueux à sa porte d'entrée. La chaise se rebella sous le mouvement brusque, et un des pieds céda.

— *Oh.*

Elle tomba, et l'air s'échappa de ses poumons lorsque le siège de la chaise heurta le sol, ses fesses juste au-dessus.

La porte d'entrée s'ouvrit brusquement et les gonds rouillés hurlèrent comme un animal sauvage pris dans un piège. Une voix profonde résonna :

— Sonora ?

Elle se redressa en position assise et cligna des yeux vers Ashton Stewart alors qu'il se précipitait vers elle sur le parquet vide.

— Bonjour.

Détendue, calme. En tout cas, c'était l'attitude qu'elle essayait d'avoir.

Il s'arrêta alors qu'il tendait la main vers elle. L'inquiétude dans ses yeux se transforma en confusion.

— Bonjour. Vous allez bien ?

Elle lui tendit une main.

— Bien sûr. Je teste simplement la solidité structurelle du parquet.

Les doigts forts d'Ashton s'enroulèrent autour des siens, et il l'aida à se relever doucement.

— Le sol a l'air bien. Mais la chaise, elle…

— Vous connaissez l'histoire de Boucle d'Or ? Je me suis souvent demandé ce qui lui traversait l'esprit pendant sa mission espiègle, dit Sonora en nettoyant de la poussière et des échardes sur son pantalon. Maintenant, je peux honnêtement dire qu'elle ne s'en serait pas sortie indemne quand elle casse la chaise dans son aventure. Ce qui est bien.

— La plupart des gens considèrent qu'être poursuivi par des ours est une punition suffisante, dit Ashton d'un ton pince-sans-rire.

— Je ne suis pas la plupart des gens.

Se sentant un peu plus elle-même, elle leva les yeux vers les siens sans se sentir gênée.

— Je vous proposerais bien un siège, mais puisque j'ai éliminé cette possibilité, bienvenue dans ma future maison.

Ashton pivota lentement sur lui-même.

— Vous avez fait des choses incroyables avec.

Un rire lui échappa. Son ton de voix pince-sans-rire, son commentaire... tout cela l'amusait pile comme il fallait. La trace de réserve qu'elle avait gardée à cause de son étrange comportement durant leur première rencontre fondit un peu.

Sonora s'avança vers la fenêtre.

— À l'intérieur, je finirai par avoir ce qu'il me faut. Mais j'espère que vous pourrez m'aider pour mes besoins extérieurs.

— Qui seraient ? demanda-t-il avant de marquer une pause. Walter a déjà mentionné que nous pouvions faire du foin avec vos terres excédentaires, mais je vous demande ce que vous envisagez pour les animaux. Est-ce que vous prévoyez d'élever du bétail ? Vous voulez faire de la reproduction de chevaux de course ?

Elle sentit une nouvelle bouffée d'excitation.

— Je peux vraiment faire tout ce que je veux, n'est-ce pas ?

L'inquiétude remplaça l'expression précédemment neutre d'Ashton.

— Eh bien oui, jusqu'à un certain point. Vous avez de la place avec laquelle travailler.

Il marqua une pause.

— Vous avez de l'expérience ?

Pauvre homme. Sonora décida de ne pas faire durer le suspense.

— Désolée, je ne parlais pas vraiment de commencer une affaire. Je suis simplement excitée par les opportunités que j'ai ici.

Elle réfléchit un instant.

— J'aimerais apprendre à monter à cheval. Et apprendre comment m'occuper d'un cheval et tout ce que ça implique. Et peut-être prendre un chien, ajouta-t-elle avant qu'il ne puisse répondre.

— Vous ne montez pas à cheval ?

Elle secoua la tête.

— Ça m'est arrivé par le passé. Quelques fois, mais je ne me qualifierais pas de cavalière. Mais je n'ai pas peur d'eux.

— Ça ne veut pas dire que vous devriez en posséder, dit-il en passant une main dans ses cheveux. D'accord, laissez l'idée du cheval pour l'instant. Un chien... quel genre de chien ? D'intérieur ou d'extérieur ?

C'était trop tentant.

— Oh, sans aucun doute un chien que je peux avoir aussi bien dehors que dedans. Avec des poils bouclés, à peu près grand comme ça ?

Elle leva une main au-dessus du sol, indiquant un animal de taille moyenne.

— Je crois qu'on les appelle des doodles. Ils ont l'air très intelligents et gentils. Je parie qu'ils adoreraient vivre dans une ferme.

Il pinça les lèvres. Il avait retiré son chapeau et en agrippait désormais le bord, le serrant si fort que ses articulations avaient blanchi.

— Un *doodle.* Dans une ferme.

— Ma ferme, dit Sonora joyeusement. Pour être ami avec mon cheval. Et évidemment des chats, et peut-être quelques poules, et...

— Sonora, l'interrompit-il. Vous êtes-vous déjà occupée d'animaux ?

— Un peu, dit-elle en repensant à sa période dans les Corps de la paix.

Elle avait rencontré son mari et sa fille en Ouganda, et pendant les trois premières années de leur mariage, ils avaient élevé presque tout ce qu'ils avaient mangé.

Ashton inspira, lentement et profondément.

Pauvre homme. Elle était sur le point de lancer un « je vous taquine », en tout cas au sujet du chien, quand il prit un très mauvais tournant.

Il se tenait carrément dans sa maison, la regardant dans les yeux en lui disant quoi faire.

— Vous n'avez pas les idées claires, alors laissez-moi vous aider. J'ai beaucoup d'expérience dans ce domaine.

Le ton de sa voix était calme et pourtant condescendant, comme s'il parlait à une enfant stupide.

— Vous voulez un de ces stupides chiens, bien, mais il restera dans la maison. À moins que vous ne vouliez qu'il serve de nourriture aux coyotes et aux loups dans la région. Au printemps, vous pourrez vous essayer aux poules, mais ça demande beaucoup plus de travail que la plupart des gens ne le pensent. Et vous n'allez certainement pas acheter un cheval immédiatement. Vous pouvez en emprunter un à Silver Stone pendant un moment, vous assurer que vous voulez vraiment cette charge. Et quelqu'un pourra vous aider avec la selle et les lourdes charges.

Il remit son chapeau sur sa tête et leva le menton d'un air de défi.

— Occupez-vous d'un jardin. C'est assez d'excitation, pour commencer.

Toutes ses réserves précédentes au sujet de cet homme ressurgirent.

— Waouh. C'est une sacrée collection d'opinions que vous venez de formuler. Vous avez autre chose à me dire ? Par exemple, quel véhicule acheter ou avec qui devenir ami ici à Heart Falls ? Je sais... dit-elle en levant un doigt en l'air, vous pourrez m'aider à prévoir où planter mon champ de foutre. Mais d'un autre côté, je suis presque sûre qu'il ne va pas faire pousser quoi que ce soit pendant un moment.

Il fronça les sourcils en réfléchissant.

— Un champ de f...

Son visage rougit alors qu'il s'interrompait et fronça encore plus les sourcils.

— Comme dans *je n'en ai rien à foutre*, avança Sonora légèrement avant de claquer la langue et de secouer la tête.

Mais quand elle parla de nouveau, ce fut sans méchanceté :

— Je plaisantais à propos du chien à l'intérieur et à l'extérieur de la maison. Vous n'avez pas le sens de l'humour ?

— Apparemment non, répliqua Ashton aisément, mais ses lèvres s'incurvèrent. Désolé. J'ai l'habitude de donner des ordres à mes hommes, et même si j'ai de bonnes idées, je devrais me souvenir que vous êtes une adulte.

— Excuses acceptées. Vous avez de bonnes idées, dit Sonora. Emprunter un cheval à Silver Stone serait bien au début. Je n'ai pas besoin de tout faire d'un coup.

— Je vais vous donner mon numéro. Une fois que vous aurez installé vos affaires dans la ferme et que vous aurez du temps libre, appelez-moi. Je veillerai à ce quelqu'un soit là pour vous aider et vous montrer les ficelles du métier.

Beaucoup mieux. Sonora sortit un morceau de papier et un stylo de son sac à main et nota ses coordonnées avant de lui demander s'il pouvait vérifier la grange à côté de la maison.

— J'ai de l'expérience dans l'élevage d'animaux, lui assura-t-elle alors qu'ils entraient dans la fraîcheur de la grange. Mais je ne cherche pas à être autosuffisante. Je l'ai déjà fait, et c'est gratifiant. Mais j'aurai déjà bien assez de pain sur la planche, à passer du temps avec la famille et à donner un coup de main à la librairie. Oh, et avec un peu de chance, me faire de nouveaux amis.

Ashton ouvrit un des enclos et regarda les gonds en balançant la porte d'avant en arrière plusieurs fois.

— Au risque de dépasser de nouveau les bornes, il y a des gens bien en ville, mais la meilleure manière de rencontrer les gens comme *vous* serait de vous impliquer dans des activités que vous appréciez. Autrement, vous pourriez rencontrer des gens super avec lesquels vous n'avez rien en commun.

— Il sera difficile de trouver des raisons de nous voir dans ce cas, non ?

Il émit un petit rire.

— Mon frère n'arrive toujours pas à comprendre pourquoi ses invitations à me joindre à lui et son épouse pour jouer au bridge ne me déclenchent jamais ma hâte de tout laisser tomber pour les rejoindre précipitamment.

— Est-ce qu'il vit près d'ici ? demanda Sonora.

— À presque une journée de route, Dieu merci.

Ce fut au tour de Sonora de rire.

— Pas de partie de bridge pour vous.

— Encore une fois, Dieu merci, répéta Ashton, l'air pensif. Pour être clair, il n'a rien d'horrible. Mais nous ne nous entendons pas tout le temps bien.

— Je crois que quand on arrive à notre âge, on n'a pas à s'entendre tout le temps avec tout le monde.

— Si c'est le cas, on n'a sans doute pas besoin l'un de l'autre, dit Ashton en la regardant. Vous savez, mon patron disait que vous et moi ferions un super couple.

— Vraiment ? Et qu'est-ce que *vous* vous en dites ? Aimeriez-vous me fréquenter ?

Ashton lui lança un grand sourire.

— C'est direct.

— Un autre avantage au fait d'être adulte. Si je suis curieuse, je demande. Ça fait gagner du temps.

— Je suis à fond pour l'efficacité.

Il l'examina un instant. Rien d'impoli dans cette insistance, surtout étant donné la lueur d'appréciation dans ses yeux.

— Est-ce que je cherche à sortir avec vous ? À ce stade, non. J'ai beaucoup de responsabilités à Silver Stone, de plus j'aime ma vie comme elle est. Une relation sur le long terme ne m'intéresse pas.

Aucune insulte dans ses paroles.

Il lui lança un sourire, et pendant un instant, elle marqua une pause et lui rendit son regard. Les abords abrupts et attirants étaient là, et si elle avait cherché à s'amuser, il aurait été une jolie tentation à s'accorder.

Mais regarder dans la grange était un frisson bien suffisant pour elle à ce moment-là. Elle inspira profondément en s'agrippant à la rambarde et en levant les yeux vers le fenil.

— Eh bien, ça tombe bien. Parce que ce que je voudrais, c'est un ami. Ça fait presque vingt ans que je n'ai pas vécu dans une ferme, et ce n'était pas au Canada. J'ai beaucoup à apprendre, mais j'attends ce défi avec impatience.

Quand elle se tourna pour croiser de nouveau son regard, l'expression d'Ashton s'était affûtée.

— En parlant de curiosité, comment se fait-il que vous ayez une fille qui a presque le même âge que vous ?

— J'étais volontaire dans les Corps de la paix quand j'avais dix-huit ans. Un veuf avec une fille de neuf ans est venu diriger le projet, et nous sommes tombés amoureux. Greg est mort soudainement dix ans après notre mariage – une crise cardiaque – puis il n'y a plus eu que Sophie et moi. Finalement, Malachi et elle sont tombés amoureux, et quand ils ont commencé à adopter, j'étais là pour les aider.

Ashton hocha lentement la tête.

— Un jour il faudra que vous m'en disiez plus sur votre période à l'étranger.

— Avec plaisir.

Puis, bon sang, il lui tendit la main.

— Eh bien alors, bienvenue à Heart Falls. Je ferai ce que je peux pour faciliter votre installation.

Voilà comment, ce soir-là, Sonora put assurer à sa petite-fille la plus âgée qu'elle aussi s'était fait un ami.

— Et pas l'ami auquel je m'attendais non plus. Cela m'amène à penser que Heart Falls est un endroit merveilleux pour que nous y plantions nos racines.

Ivy la regarda avec des yeux trop brillants.

— C'est encore difficile d'être dans un nouvel endroit.

— Oui. Mais beaucoup de bonnes choses sont difficiles. Elles valent chaque morceau d'énergie que nous y investissons. Trouver un nouveau foyer, se faire de nouveaux amis, dit Sonora en serrant les doigts de sa petite-fille. Passer du temps avec ta famille pour qu'elle sache que tu l'aimes.

Ivy poussa un petit rire.

— Oh, mamie.

Sonora embrassa sa petite-fille puis retourna à ses combines et ses projets. Songeant à la manière d'organiser les meubles dans son nouveau foyer, rêvant des animaux à prendre plus tard, prévoyant ce qu'elle planterait dans son jardin, ce qui lui fit repenser à Ashton.

Trop de choses lui faisaient penser à Ashton.

Je suis content que tu aies un ami, mais tu ne souhaites pas autre chose ?

Elle ne savait pas si cette pensée était la sienne ou venait du fantôme de son mari. La seule chose dont elle était sûre était que... *non.* Elle ne voulait vraiment *pas* quoi que ce soit de plus que de l'amitié.

Pas pour le moment en tout cas.

Cette vérité lui donnait un endroit solide et joyeux où se tenir.

3

Les gens disaient toujours que le temps passait plus vite quand on vieillissait. Si ça continuait à être vrai, Ashton redoutait le crépuscule de sa vie, parce que les journées passaient déjà si vite que la vie était floue.

Les fêtes étaient terminées, puis soudain c'était déjà le printemps. La neige s'accrochait à la pénombre aux abords des champs. Les pâturages se transformaient en boueux marécages, tandis que de minuscules crocus violets sortaient la tête au-dessus de l'herbe de la prairie.

Les nouveau-nés étaient partout. Des chatons dans le fenil, des veaux dans les champs. De magnifiques poulains et pouliches dans l'écurie... de nouvelles lignées qui, avec un peu de chance, pourraient un jour changer l'avenir de Silver Stone.

Puis la Fête du Canada[i] arriva, avec un mélange d'adrénaline et de stress pour Ashton. Il y avait toujours beaucoup à faire à Silver Stone, et les animaux ne se souciaient pas du jour du calendrier.

Tout comme ils se fichaient de ce qu'un homme avait fait la veille... les gueules de bois n'étaient pas pardonnées. Surtout quand la nourriture et l'eau n'arrivaient pas à l'heure. Ashton commença la matinée suivante en faisant les corvées d'autres personnes, suivies de sermons et de réprimandes aux ouvriers qui s'étaient enfilé un coup de trop la veille.

Quand le déjeuner arriva, il était prêt pour une pause. Il était temps de mettre de côté son rôle de contremaître de Silver Stone un moment et d'être simplement Ashton.

Il laissa deux des ouvriers qu'il avait copieusement réprimandés à polir des selles tandis qu'il sortait de l'écurie en sifflotant pour rejoindre le rassemblement de la fête du Canada.

Ginny Stone venait d'avoir treize ans, mais la jeune fille avait la main verte et une passion pour les activités sociales. Avec ces deux traits de caractère, elle avait créé un joli méfait. Elle avait cultivé un énorme jardin avec sa mère au cours des dernières années. Et pour cette fête, elle avait demandé si elle pouvait organiser le barbecue de Silver Stone.

Le neveu de dix-sept ans d'Ashton, Tucker, était déjà arrivé pour l'été. Il se dépêcha de retrouver son oncle avec Luke et Walker Stone sur les talons. Tous trois étaient arrivés au stade où ils n'étaient plus tout à fait des adolescents et pas encore des hommes. Leurs jambes et leurs bras étaient curieusement longs comme des chevaux rebelles et les muscles qui s'étaient formés avec le dur labeur dans le ranch commençaient à se voir sur leurs membres et leurs torses.

— Oncle Ashton, nous allons pêcher après le déjeuner. Ça va si nous allons aux chutes à cheval ?

— Il reste des corvées ? demanda Ashton.

Tucker secoua la tête.

Luke et Walker échangèrent un coup d'œil.

Luke haussa les épaules.

— Nous sommes censés aider à nettoyer après le barbecue, mais il est inutile de commencer avant que tout le monde ne soit parti. Nous pensions le faire après le dîner. Il y aura encore bien assez de lumière.

Une foule s'était rassemblée à la maison des Stone. Les garçons marquaient un point, ça avait pris un moment pour que les gens se rassemblent, et ça prendrait un moment pour qu'ils se dispersent. La bonne nourriture et les conversations agréables créaient toujours un événement relaxant.

Ashton hocha la tête pour approuver mais donna un avertissement aux garçons.

— Prenez soin de vos chevaux avant de revenir pour le nettoyage. On ne les laisse pas en sueur dans les stalles.

— Oui, monsieur, résonnèrent trois voix à l'unisson.

Puis ils s'en allèrent en courant, riant et se poussant, excités.

Ashton s'arrêta pour dire bonjour aux Stone, puis surprit Ginny en train de sortir un énorme saladier de salade.

— Tu as fait pousser tout ça ?

Elle lui sourit.

— Oui, monsieur Stewart. La meilleure nourriture pour lapin que vous goûterez.

— Ça en dit long, dit-il avec un clin d'œil. Bon boulot.

— Merci.

Elle regarda autour d'elle comme si elle cherchait qui pourrait l'entendre.

— Ne vous disputez pas avec Mme Fallen aujourd'hui, d'accord ? Ou mon père finira encore par nous faire un sermon sur la manière correcte de traiter les autres avec respect, même quand nous ne sommes pas d'accord.

Ashton se retint tout juste de rire.

— Sonora et moi ne nous disputons pas.

— Vous parlez fort, je sais, répondit-elle en plissant le nez. Vous l'avez déjà dit. Mais à chaque fois que vous vous retrouvez, vous parlez fort. Maman a essayé d'appeler vos discussions des *débats spécifiques* pour voir si ça arrêterait papa.

— Et ?

— Il nous a quand même fait un sermon, répondit Ginny avant de soupirer. Ça impliquait beaucoup de jeux de mots qu'il croyait drôles.

Ashton chassa son sourire et posa la main sur son cœur.

— Je jure que Sonora et moi éviterons de perturber ton barbecue sacré avec quoi que ce soit qui pourrait entraîner que ton père sorte les blagues de papa.

Elle le regarda d'un air soupçonneux.

— M. Stewart...

— Ça veut dire que nous nous tiendrons bien, dit-il en se penchant. Je dirai à ton père que tu as un joker de ma part pour échapper aux sermons.

Elle lui tendit la main.

— Marché conclu.

Ashton riait encore dans sa barbe quand il tomba sur Walter quelques minutes plus tard.

— Ta fille est marrante.

— Talentueuse, intelligente, superbe, acquiesça Walter. Les talents de cuisinière, elle les tient de sa mère.

Ashton ricana en le tapotant sur l'épaule puis il alla remplir son assiette.

Il avait terminé de déjeuner quand il retrouva enfin Sonora. Elle était assise non loin de la maison, regardant les montagnes. Le froncement de sourcils sur son visage était celui qu'elle avait quand quelque chose l'agaçait. Agacée, mais se demandant si elle avait commis une erreur.

Ils avaient passé assez de temps ensemble au cours des derniers mois pour qu'il commence à sentir ses humeurs et à interpréter ses expressions. Mais dans l'ensemble, ce n'était pas un casse-tête. Tout comme elle parlait franchement, elle n'avait pas tendance à cacher ce qu'elle ressentait.

Il s'installa sur la chaise de jardin près d'elle et hocha la tête en guise de salut.

Elle lui lança un regard noir intense.

— Tu sais, lorsque je te dis que je ne suis pas d'accord avec toi, ça ne veut pas dire que je ne t'apprécie pas.

Ashton cilla. D'où est-ce que ça sortait ?

— Qu'est-ce que tu crois, que j'ai douze ans ? Je ne suis pas un enfant. Il faut plus que quelques mots pour me faire sortir de mes gonds.

— Eh bien, apparemment, *d'autres* personnes pensent que je suis méchante avec toi.

Un éclat de rire résonna avant qu'il ne puisse le contenir. Alors lui *et* Sonora s'étaient fait passer un savon aujourd'hui.

Au moins, il pouvait facilement la rassurer là-dessus.

— Tu es honnête. Je préfère ça plutôt que tu sois faussement gentille. Et aussi, tu es franche quand tu fais tes observations. Tu ne deviens pas tranchante ou cruelle quand tu n'es pas d'accord avec quelqu'un.

Son expression de mécontentement s'effaça un peu.

— Te dire que tu délires n'est pas méchant ?

— Pas de la manière dont tu le dis, répondit-il.

Ouais. C'était ça. L'amusement brillait de nouveau dans les yeux de Sonora.

— Comme si tu étais ravie d'avoir fait cette découverte et que tu étais sûre qu'elle pourrait passer… avec un peu de chance.

Elle ricana.

— Exactement. Je n'insulte pas ton intellect. Juste parfois tes choix.

Il réfléchit puis admit la vérité avec moins de désinvolture.

— Parfois tu as de bons arguments.

— Eh bien, cet aveu ne donne-t-il pas l'impression d'avoir avalé un bol rempli de clous ? dit Sonora en lui tapotant la main. J'aime bien avoir mon mot à dire, donner mon opinion, mais j'essaie de le faire seulement quand c'est approprié et de ça de me mêler de mes affaires le reste du temps. C'est toujours à l'autre personne de décider que faire des idées que je propose.

Ashton hocha lentement la tête.

— Tu ne t'attends pas à ce que les gens – *les gens* étant moi dans ce cas – cèdent à tous tes caprices à chaque fois.

— Je ne m'attends pas à ce que tu m'écoutes la moitié du temps, plaisanta-t-elle. Si tu te rends compte que je suis brillante même deux fois sur dix, j'ai l'impression de t'avoir épargné des soucis.

— Eh bien, ne t'inquiète pas. Je sais que tu m'apprécies, et ça me suffit. Je suis content que nous soyons amis.

— Des amis qui s'agacent ?

Ashton émit un rire moqueur.

— Des amis qui se forcent à rester sur le qui-vive, qui élargissent l'horizon de l'autre.

— Oh, tu n'es pas près de faire ça pour moi, dit Sonora platement. Pas à moins que tes suggestions ne commencent à s'améliorer.

— Je t'ai dit de te mettre au scrapbooking, non ? C'est très à la mode en ce moment.

— Couper des morceaux de papier en morceaux de papier plus petits, seulement pour les rassembler en plus grands morceaux de papier, dit-elle en le regardant sévèrement. Puis tu m'as suggéré de faire du patchwork, ce qui est la même chose, mais avec du tissu.

— Bon, comment va ton jardin ?

Il se versa un verre d'eau avec le broc sur la table près d'elle. Changer de sujet semblait être le choix le plus sage.

Elle décrivit son dernier projet en date, et il prêta attention alors que ses pensées prenaient une joyeuse direction.

Il ne s'était pas attendu à ça.

Après quelques vagues gênantes au début, ils avaient développé ce qu'il considérait être une très bonne amitié. Non que Sonora et lui aient passé physiquement beaucoup de temps au même endroit. Il la voyait une ou deux fois par semaine, quand elle venait emprunter un cheval ou rendre visite à Deb Stone. Il l'aidait à seller son cheval et occasionnellement se joignait à elle quand elle n'avait personne pour l'accompagner. Elle ne connaissait pas les sentiers, après tout.

Et il était allé chez elle quelques fois pour discuter de ce qu'elle pouvait faire de ses terres, puis pour superviser la préparation et la plantation.

Curieusement, ils avaient passé plus de temps au téléphone qu'il ne l'aurait jamais cru possible.

Quand ils se retrouvaient, Ginny avait raison, Sonora et lui débattaient et se disputaient. Ils passaient toujours du bon temps en le faisant. C'était dommage que les gens autour d'eux pensent que cela voulait dire autre chose.

Il aimait ne pas avoir à retenir ses coups. Avec elle, il pouvait appeler un chat un chat. Il pouvait ronchonner, se plaindre et pourtant s'arrêter quand il voulait, et elle ne continuait pas à rabâcher le sujet.

La curiosité le frappa.

— Qui t'a dit d'arrêter d'être méchante avec moi ? demanda-t-il.

— Personne.

Il laissa sortir un soupir exaspéré.

— *Sonora,* nous venons d'avoir une conversation sur ce sujet.

— Oh, tu vois on ne m'a pas dit d'*arrêter* d'être méchante avec toi… on m'a juste dit que j'*étais* méchante avec toi.

Elle poussa un cri perçant quand il lui lança son verre d'eau. Elle décolla de son siège et s'arrêta à quelques pas des chaises.

— Quel homme terrible !

Il étira le bras plusieurs fois.

— Désolé, c'est une réaction involontaire. Ça arrive parfois quand les cow-boys vieillissent.

Elle leva les yeux au ciel, mais se mit à rire.

— D'abord, *encore une fois,* tu n'es pas vieux. Et ensuite, tu racontes des conneries.

— Quel langage, la réprimanda-t-il. Je n'arrive pas à croire que tu sois grand-mère avec le nombre de jurons que tu lâches.

Sonora se réinstalla à côté de lui.

— Seulement avec toi, Ashton. Seulement avec toi.

Ce truc entre eux était une chose dont il pouvait être reconnaissant. Un autre ami de son âge, c'était bien, mais que cet ami soit une femme avec un esprit vif et une énergie inépuisable ?

C'était très spécial.

Ashton se carra sur son siège et son sourire redoubla lorsque Sonora se mit à parler avec animation, agitant les mains. Non. Il n'avait absolument pas de quoi se plaindre.

C'était parfait. Ici et maintenant, c'était parfait.

4

Février, quatorze ans plus tôt

Des doigts glacés s'enroulèrent autour des épaules d'Ashton. Il marqua une pause alors qu'il ratissait la terre compacte de la stalle. Le froid qui l'entourait était loin de celui qui lui broyait les tripes.

Les dernières quarante-huit heures avaient été un cauchemar. Même en se tenant à la périphérie du désastre, Ashton se sentait transi par le contact de la mort.

Ses amis étaient morts. Un stupide accident de voiture sur les routes hivernales avait pris la vie de Walter et Deb Stone et de leurs amis les Hayes.

Caleb, à vingt-quatre ans, était maintenant à la tête de la famille Stone. Luke aurait vingt ans dans quelques jours et Walker allait sur ses dix-huit ans, ce qui voulait dire qu'ils étaient tous deux assez grands pour faire plus de tâches et aider à faire tourner le ranch. Mais Ginny n'avait pas encore seize ans, et Dusty n'avait que huit ans.

Des bébés, tous autant qu'ils étaient, dans un moment pareil.

Ashton ne s'inquiétait pas pour son travail. Il était plus que jamais nécessaire à Silver Stone. Mais les enfants... bon sang, les *enfants*. Leur vie entière avait été mise sens dessus dessous. Comment allaient-ils s'en sortir sans rester brisés pour toujours ?

Un son doux, décalé et inattendu, attira son attention, et Ashton s'arrêta pour écouter. L'entendant de nouveau, il posa le râteau contre le mur de la stalle et s'approcha discrètement du bruit.

Dans le coin le plus éloigné de l'écurie, caché contre un des vieux chevaux, le neveu d'Ashton, Tucker, pleurait. Le cheval se balançait légèrement, le plancher craquait, révélant leur position.

Le visage pressé contre l'encolure du hongre, Tucker se balançait en faisant son deuil. Un autre pour qui la perte semblerait insupportable. La relation de Tucker avec Walter et Deb avait été plus proche que celle qu'il entretenait avec ses propres parents. Tucker était venu à Silver Stone à l'instant où il avait appris l'accident pour être là pour son ami Luke et les autres.

Pour être là pour faire ses propres adieux.

Ashton inspira profondément puis s'avança pour passer les bras autour des épaules de son neveu.

Tucker se retourna et le serra fort, aucune fierté masculine ne le retenait. À presque vingt ans, le jeune homme pleurait sans honte.

— Je ne peux pas... Je n'arrive pas à croire qu'ils ne reviendront pas.

— Je sais.

Les paroles d'Ashton étaient rauques, à cause de sa gorge à vif d'avoir repoussé sa propre douleur.

Il ferait son deuil plus tard. Pour l'instant, il devait être fort.

Tucker renifla et recula en s'essuyant les yeux.

— Pardon.

Ashton lui lança un regard noir. Il n'allait pas accepter ces conneries.

— Pour quoi ? De m'avoir laissé voir ce qu'ils représentaient pour toi ? De faire le deuil de personnes bien parties trop tôt ? De détester que ce dont nous espérions profiter pendant des années ait disparu en un instant ?

— Tu as raison.

Son neveu hocha la tête, le corps tendu.

— C'est incroyable, ajouta-t-il.

— Parce que nous ne voulons pas que ce soit vrai. Mais ça l'est.

Ashton parlait doucement, à moitié pour Tucker, à moitié pour lui-même.

— Ce ne sera pas facile, mais nous trouverons un moyen de surmonter ça. Un jour à la fois, d'accord ?

Tucker hocha la tête. La tristesse assombrissait ses yeux, son visage était tendu.

Ashton passa un bras sur l'épaule du jeune homme et le guida vers la porte.

— Va prendre l'air. Marche à la lumière du soleil puis va trouver Luke. Je suis sûr qu'il a besoin de toi.

Son neveu s'éloigna lentement, le visage levé vers le ciel comme s'il essayait d'absorber un peu d'énergie positive. Ashton ne lui en voulait pas.

Ashton termina sa tâche puis suivit son propre conseil, marchant dehors jusqu'à ce que le bout de son nez le picote à cause du froid et que ses jambes lui fassent mal. Il évita la cantine et s'arrêta brièvement à la maison principale du ranch de Silver Stone pour voir avec Caleb. Il lui fallut quelques minutes pour assurer au jeune homme que le ranch était sous contrôle et pour discuter de l'enterrement qui aurait lieu le lendemain.

Quand Ashton retourna à son logement dans le dortoir, il n'avait plus froid physiquement, mais le froid enserrait toujours son cœur. Il mangea un repas simple puis s'assit sur le canapé et fixa les ténèbres.

La vie changeait en un instant. Il le savait, mais elle n'était pas censée prendre des gens bien comme les Stone. Tant de rêves étaient brisés maintenant ! Tant de cœurs...

Il pencha la tête et la prit entre ses mains.

La porte de son dortoir s'ouvrit brusquement.

Ashton se retrouvait debout une seconde plus tard alors qu'un écho de la terreur après l'annonce de l'accident quelques jours plus tôt résonnait bien trop fort dans sa tête.

La seconde d'après, son cœur repartait alors que Sonora apparaissait. Elle n'était pas en ville quand c'était arrivé, et c'était la première fois qu'il la voyait depuis que les horribles nouvelles avaient été annoncées.

— Oh, Ashton ! Je suis vraiment désolée.

Les mots étaient doux. Elle traversa rapidement la pièce vers lui. Elle prit son visage entre ses mains et le tourna vers elle.

Il ne pouvait pas parler. Pas maintenant.

Elle ne semblait pas s'en soucier. À la place, elle passa les bras autour de lui et le serra fort. Leurs corps étaient proches, leurs cœurs encore plus.

La perte de ses amis l'avait profondément atteint, et la seule chose qui le maintenait debout était le besoin d'être là pour les enfants. La volonté devrait le faire tenir.

Mais en cet instant, que Sonora le soutienne rendait le nœud de désespoir un tout petit peu moins sombre. Cela lui donnait l'occasion de laisser sortir sa douleur avant qu'elle ne le submerge, aussi...

Non, ce n'était pas bien. Il devait être fort. Pour tout le monde, même pour elle. Il ne ferait rien d'autre que tenir bon.

Il hocha la tête, lui tapota brièvement le dos avant de se libérer de son étreinte.

— Merci. Pauvres gamins. Ils ont tellement de pain sur la planche en ce moment, je suis surpris qu'ils tiennent encore debout.

— Les jours à venir ne seront pas faciles. Pour qui que ce soit.

Elle parlait doucement, mais son message était clair.

Ashton se redressa.

— Je serai là pour eux. Walter l'aurait voulu. Que je sois là pour qu'ils se reposent sur moi, pour les guider. Pour être fort.

L'expression de Sonora se durcit légèrement. Elle hocha la tête, mais tandis qu'elle parlait, il y avait quelque chose dans ses yeux qui avertissait Ashton de se faire attention.

— Je comprends ce que tu dis. Je ne dirai pas que tu as tort, mais je vais te dire ça...

Elle resserra les doigts sur les siens.

— Les enfants *seront* reconnaissants que tu sois là pour les aider à gérer leur perte. Mais Ashton, qui va t'aider toi ?

Le nœud était revenu dans sa gorge, et il n'avait pas de réponse.

Avec la force incommensurable qui faisait tellement partie d'elle, Sonora prit le relais. Elle alla leur chercher des verres puis le dirigea vers le canapé. Après avoir posé les verres sur la table, elle entrelaça leurs doigts.

— Dis-moi quelque chose, l'encouragea-t-elle. Raconte un moment dont tu veux te souvenir.

Tellement d'images envahirent l'esprit d'Ashton...

— La première fois que Walter et moi avons travaillé ensemble, il a attrapé au lasso un veau qui avait changé de direction à la dernière seconde. C'était le meilleur truc que j'avais jamais vu. On aurait dit de la magie.

Ashton réfléchit puis sourit.

— Quelques années plus tard, il a finalement admis que ça n'avait été que de la chance. Il avait été piqué par une guêpe, et le choc lui avait fait lancer la corde plus tôt, pour attraper l'animal par accident.

Sonora secoua la tête, amusée.

— Il est sans doute resté souriant tout du long.

— Ouais.

Une histoire en entraîna une autre. Une demi-heure plus tard, ils étaient en train de rire ensemble d'un souvenir commun, une étoile douce et vive qui brillait dans les ténèbres...

Une douleur soudaine frappa le cœur d'Ashton. Son rire se transforma en un sanglot, et il pleura aussi librement que Tucker ce matin-là.

Sonora le serra contre sa poitrine. Silencieuse, mais forte.

Ils restèrent ainsi dix bonnes minutes pendant qu'Ashton se laissait aller à la tristesse qui menaçait de le submerger. Lentement, il arriva à trouver un stade où la douleur était toujours là mais légèrement plus supportable.

Il s'essuya les yeux, réfléchissant aux mots à dire avant d'imiter par mégarde l'erreur de Tucker plus tôt.

— Je ne rabaisserai pas cela en m'excusant.

Sonora secoua la tête.

— Jamais. Nous sommes amis, et tu ne devrais jamais t'excuser de montrer ce que tu as dans le cœur à un ami.

La pièce devint silencieuse pendant un instant, puis Ashton demanda :

— Veux-tu venir à l'enterrement avec moi ? Avec la famille ?

— J'en serais honorée.

Ce fut ainsi que Sonora finit par chevaucher à côté de lui l'après-midi suivant alors qu'ils rejoignaient la file des chevaux qui se déplaçaient en lente procession vers le lieu à flanc de coteau sur les terres de Silver Stone. La famille Hayes avait déjà été enterrée la veille dans le cimetière de la communauté. C'était au tour des Stone de dire au revoir.

Ashton était venu plus tôt sur la crête avec certains des ouvriers. Ils avaient utilisé une tractopelle pour creuser les tombes, et ce matin-là ils avaient déjà descendu les cercueils.

Maintenant, Ashton se tenait avec les enfants de Silver Stone, leur tante et leur oncle, qui se joignaient à eux en témoins silencieux. Tucker et Sonora se tenaient aussi avec le groupe, tandis que Malachi Fiels prononçait un hommage funèbre.

Caleb avait demandé que la cérémonie soit aussi simple que possible pour les plus jeunes enfants. Malachi resta bref, puis chaque membre de la famille s'avança à son tour pour déposer une poignée de terre sur les cercueils.

Luke et Walker avançaient l'un à côté de l'autre, leurs visages tendus de la tristesse. Ginny les suivait, main dans la main avec sa meilleure amie, Dare, toutes deux pleurant silencieusement, les larmes roulant sur leurs joues.

Le petit Dusty tenait la main de son frère Caleb, serrant étroitement de la terre dans l'autre.

Ils s'arrêtèrent près des tombes. Dusty renifla fort et secoua la tête en refusant de lâcher la terre.

Bordel. Ashton leva les yeux vers le ciel, cherchant la sagesse. Comment quelqu'un pouvait-il expliquer à un enfant de cet âge qu'il était impossible de remonter le temps ? Impossible de faire revenir ses parents ?

Caleb prit son petit frère dans ses bras et le serra contre lui, lui chuchotant quelque chose d'un air sérieux.

Finalement, Dusty hocha la tête. Il s'essuya les yeux du dos de la main puis se retourna et lança pratiquement la terre sur les tombes avant d'enfoncer son visage contre le cou de Caleb.

La famille s'en alla en une lente procession solennelle, retournant vers son foyer changé pour toujours.

Ashton resta en arrière. Il aida les hommes à terminer de recouvrir les tombes et marqua une pause pour regarder la dernière demeure de ses amis.

Cela était arrivé trop tôt. Il était beaucoup, beaucoup trop tôt pour dire adieu. Malgré tout, il le fit. À voix haute, parce que cela semblait être le seul moyen d'être sûr que lui aussi lâche la terre.

— Au revoir. Je vous promets que je serai là pour eux.

En se retournant, Ashton fut surpris de découvrir que Sonora était restée. Elle le regardait de ses yeux bleu argenté, emplis de tristesse et de fierté.

Elle lui toucha gentiment le visage.

— Viens. Rentrons chez toi.

5

Le cœur de Sonora était douloureux, mais maintenant c'était à son tour de le soutenir.

Elle guida Ashton pour descendre la colline, prenant les choses en main parce qu'il avait besoin qu'elle le fasse. Ce n'était pas seulement le froid hivernal qui donnait cet air perdu aux yeux d'Ashton. Le ramener simplement à son dortoir n'était pas la solution.

Il avait besoin d'une pause face à la douleur, face aux souvenirs.

Mais Sonora posa la question, pour être sûre.

— Ça te va si nous allons chez moi ?

Un rapide hochement de tête fut la seule réponse qu'elle reçut, alors elle le mena vers sa camionnette et fit le court trajet jusque chez elle, l'entraînant derrière elle dans la chaleur de sa maison.

Ashton bougeait comme si quelqu'un d'autre contrôlait ses membres. Il traîna les pieds jusque devant la cheminée, regardant silencieusement le poêle vitré tandis que Sonora ajoutait du bois jusqu'à ce que les flammes se répandent sur le combustible.

Il n'irait nulle part pendant un moment. Sonora apporta une chaise de cuisine solide et le poussa dessus.

Elle alluma la bouilloire puis s'assit silencieusement près de lui.

Quand il prit ses doigts entre les siens, Sonora soupira, souhaitant que les choses puissent être différentes.

Il émit un murmure moqueur.

— Je ne vais pas me briser, ma chère.

— Bien sûr que non, répondit Sonora en le regardant aussi dédaigneusement que possible. Ce serait trop raisonnable.

Le bruit qu'il émit cette fois fut plus bruyant qu'un murmure. Il incurva légèrement les lèvres.

— Merci d'être là.

Inutile de continuer à répéter des inepties polies. Sonora leva une main vers la joue d'Ashton.

— Tu te réchauffes ?

Le début de barbe sur sa mâchoire lui taquina la paume.

De nulle part, de manière inattendue et sans y être invitée, l'envie de le goûter la frappa.

Elle s'empêcha tout juste de retirer brusquement sa main. Qu'est-ce que c'était que ces bêtises ? C'était Ashton. Son ami. Son ami très *platonique*...

Un homme qui était en deuil jusqu'aux tréfonds de son être.

Elle posa son autre main sur son visage pour s'empêcher de faire quoi que ce soit d'inapproprié. C'était un moment de réflexion et de deuil.

Mais... Ashton ne bougeait pas. Pas d'un seul centimètre depuis qu'elle s'était rapprochée. Son regard, qui avait été soudé au sien, se baissa vers sa bouche.

— *Sonora.*

Son prénom était sorti de manière brute, profonde, pleine de désir.

Sonora s'humecta les lèvres.

— Oh là là.

Le regard d'Ashton remonta pour croiser de nouveau le sien.

— Quoi ? gronda-t-il.

Inapproprié ? Peut-être... ou peut-être pas.

— Je pense que je suis sur le point de faire quelque chose, l'avertit Sonora.

Elle hésita puis décida *au diable tout ça.*

— Non, je *sais* que je vais faire quelque chose. Prépare-toi...

Il ouvrit la bouche, sans doute pour se plaindre, ou la réprimander, ou faire une de cette douzaine de choses habituelles entre eux.

Par conséquent, lorsqu'elle posa ses lèvres sur les siennes, son baiser, qui aurait dû être un frôlement innocent, se transforma en quelque chose de follement intime en quelques secondes.

Leurs langues entrèrent en contact. La douce taquinerie devint plus insistante alors qu'ils se goûtaient l'un et l'autre, se penchaient pour éviter de se cogner le nez ou toute autre interruption gênante.

Les mains d'Ashton glissèrent vers son buste. L'instant d'après, il l'attira à lui, et soudain Sonora se retrouva pressée contre son corps ferme et, Seigneur...

C'était merveilleux.

Ils étaient peut-être en deuil, mais c'était normal. Quand la mort arrivait sur scène, la vie brillait par contraste comme un projecteur lumineux. La vie effaçait les ténèbres des ombres. Elle effaçait la tristesse depuis le tréfonds des âges.

Quand la mort prenait, la vie donnait.

Sonora passa les doigts dans les cheveux d'Ashton, le

caressant comme s'il était une sorte de gros chat d'écurie. Son grognement de plaisir la fit sourire, et l'image d'un chat n'en fut que renforcée.

Ashton ajusta sa position jusqu'à ce qu'une de ses cuisses épaisses repose entre les jambes de Sonora. Le niveau d'intimité entre eux monta encore. Le muscle dur de sa jambe se pressait contre les nerfs sensibles de son sexe, et elle hoqueta de plaisir, d'excitation.

De *désir*.

Un désir douloureux et motivant.

Oubliez le platonique. Elle en avait envie. Elle avait envie de *lui*. Elle voulait offrir en plus de recevoir. En cet instant, elle voulait effacer la tristesse d'Ashton et *donner*.

Heureusement, Ashton était partant avec cette idée aussi. Il déboutonna son chemisier, le bout rugueux de ses doigts était comme un papier de verre érotique qui provoquait des frissons à chaque contact contre la peau de Sonora.

Fiévreusement, elle tendit la main vers la chemise d'Ashton. Avec des doigts rendus maladroits par le désir, elle tira pour faire sortir le tissu de son jean.

Sa peau était chaude sous ses doigts et ses paumes alors qu'elle caressait sa taille et remontait sur les muscles fermes de son dos.

Il marqua une pause dans sa propre exploration pour passer d'un coup sa chemise par-dessus sa tête. Puis il tendit les mains vers elle et fit s'envoler son chemisier qui atterrit par terre.

Où exactement, Sonora ne le savait pas ni ne s'en souciait. Parce qu'Ashton avait défait le premier bouton de son jean et une partie de sa braguette, et ses abdominaux et son torse nus l'attiraient comme si elle était une barre en acier et lui un aimant.

L'expression d'Ashton, un regard mi-clos brûlant, lui coupa

le souffle alors qu'elle restait juste vêtue de son soutien-gorge et de son pantalon.

— Je te veux nue, gronda-t-il.

— Ça viendra, le taquina-t-elle en s'avançant contre lui pour le caresser, et faire courir ses doigts sur chaque centimètre musclé.

Pendant tout ce temps, ils s'embrassaient. La chaleur entre eux était vivante et sauvage.

Un gémissement de plaisir lui échappa alors que les lèvres d'Ashton caressaient la gorge de Sonora jusqu'au bord de son soutien-gorge.

La peau hypersensible au passage de sa langue, Sonora hoqueta quand il atteint son mamelon à travers le tissu et le mordilla légèrement.

— Je ne vais pas te laisser me donner des ordres quand nous faisons ça, Sonora.

Il la serra fort, écartant le soutien-gorge pour atteindre sa peau nue.

Elle se cambra, s'efforçant de se rapprocher alors qu'elle lui répondait avec insolence.

— C'est ce que tu crois ? Que tu es le patron ?

Il la souleva dans ses bras, souriant lorsqu'elle s'agrippa à ses épaules pour se retenir. Ses pas solides les portèrent plus loin dans la maison puis dans le couloir.

— Ici et maintenant ? Et comment que je le suis ! Tu peux prétendre que ce n'est pas ce que tu veux, dit-il un instant avant qu'il ne se penche et baisse la voix. Mais ce serait un mensonge, et tu ne mens pas.

L'instant d'après, elle s'envolait. Un cri perçant lui échappa alors qu'elle rebondissait sur le matelas, et avant qu'elle ne puisse se ressaisir, il était là, rôdant autour d'elle encore une fois comme un chat.

Avait-elle pensé qu'il était un chat d'écurie ? Tu parles. Un tigre, ou un cougar, ou un puma peut-être. C'était une bonne chose qu'elle aime les félins, quelle que soit leur taille.

Ashton baissa la tête, son regard courant sur sa peau nue.

— Comme je le disais, la nudité fonctionne mieux pour moi.

Sonora devait lui reconnaître du mérite. Quelques secondes plus tard, son soutien-gorge était défait. Ashton retira ce qui cachait encore son corps, la laissant en tenue d'Ève.

Son expression était entre la jubilation et l'émerveillement.

— Bon sang, Sonora. Je ne m'en doutais pas.

Il s'installa entre ses cuisses, ses doigts suivant les lignes de son tatouage.

Elle avait fait faire la première partie l'été après le décès de Greg, et depuis elle avait ajouté d'autres détails par intervalles de quelques années.

Une simple glycine tourbillonnait sur sa hanche et remontait sur sa taille. Des feuilles stylisées en diverses teintes de vert avaient été dessinées sur sa peau pour chacune des personnes qu'elle avait aimées dans sa vie. De la tanaisie et des roses en l'honneur de deux de ses petites-filles. Du lierre et des branches de fougères pour les deux autres. Des symboles pour sa fille et son gendre et pour les autres personnes qui avaient compté dans sa vie.

Ashton caressa une feuille, hochant la tête avec approbation.

— Je vois des noms sur les plantes grimpantes.

— La famille. Les amis, lui dit Sonora. Ils sont toujours avec moi.

Il pressa les lèvres en haut de sa hanche avec un murmure satisfait. Une seconde plus tard, il la mordillait, et l'examen de son tatouage fut écarté tandis que la chaleur montait.

— Ça te va ?

La voix d'Ashton était redevenue rauque, son désir était

clair dans son ton et dans ses doigts qui se resserraient sur ses hanches.

— Oui.

Sonora se redressa et tendit les mains vers lui.

Ashton posa la main sur son buste et la repoussa avant de se placer entre ses jambes et de frotter le menton sur son sexe.

Sonora ferma les yeux tandis qu'il l'aidait à s'ouvrir à lui par une douce caresse et qu'il passait ses lèvres sur elle. Des baisers tendres, des mouvements de langues légers qui devenaient lentement de plus en plus intenses et insistants. Quand il glissa un doigt en elle, elle chercha sa respiration et vibra de désir.

Elle glissa les doigts dans ses cheveux et hoqueta quand il l'aspira et déplaça lentement le bout de ses doigts en elle vers le bon emplacement.

— Là. Encore, exigea-t-elle.

Sa réaction immédiate fut de renchérir jusqu'à ce que des étoiles flottent devant les yeux de Sonora et que le plaisir tourbillonne de plus en plus haut...

Son orgasme l'emporta. Son corps se serra autour des doigts d'Ashton, Sonora gémit de plaisir. Cela faisait longtemps que personne d'autre qu'elle-même ne s'était appliqué à la faire jouir.

Mais ça ne suffisait pas. Elle tira sur les cheveux d'Ashton jusqu'à ce qu'il redresse la tête et lui lance un grand sourire.

Fumier prétentieux. Une impertinence méritée, c'était sûr.

— Viens ici, ordonna-t-elle.

— Oui, m'dame.

Mais il marqua une pause, les mains sur son jean.

— Je n'ai pas de préservatif, ajouta-t-il.

— Heureusement que l'un de nous est prévoyant.

Elle chercha dans sa table de chevet et en sortit un.

Il regarda brièvement l'emballage puis se couvrit, revenant

à ses côtés. De lents baisers doux reprirent tandis qu'il la caressait en la plaçant à sa guise. Il se glissa au-dessus d'elle et les poils rêches de ses cuisses effleurèrent celles de Sonora tandis qu'il se mettait en position. L'extrémité de son membre s'imprégna de son humidité alors qu'il ondulait des hanches encore et encore.

Quand il ajusta l'angle juste assez pour pénétrer un peu plus profondément, elle inspira brusquement.

Ashton ralentit, se retira, puis s'enfonça de nouveau. De petites avancées taquines qui augmentaient le désir de Sonora. Quand il s'appuya sur un coude et passa une main entre eux pour jouer avec son clitoris, son intimité se tendit, et le filet de plaisir devint un flot.

Sonora enroula les jambes autour de ses cuisses, les remontant jusqu'à ce que ses talons s'enfoncent dans son postérieur musclé. Ashton se déplaça plus vite, toute lenteur ou la douceur oubliées tandis que la chaleur entre eux rugissait comme un feu de forêt : brûlant, urgent et incontrôlable.

Ashton s'enfonçait désormais profondément. Il s'appuyait sur ses deux bras au-dessus d'elle, le regard glissant sur ses seins, son visage et vers le lien qu'il y avait entre eux.

Sonora lui enfonça les ongles dans les épaules, planant au bord du précipice, sur le point de défaillir une fois de plus.

— Jouis, demanda-t-il. Tu es tellement sexy et mouillée autour de moi. Parfaite, putain.

Les mots salaces déclenchèrent son orgasme. Sonora hoqueta alors qu'elle jouissait de nouveau, s'enroulant autour d'Ashton alors que lui explosait. Son visage se tordit sous l'extase, les yeux fermés, les lèvres entrouvertes dans un grognement.

Le temps se suspendit. Un instant de silence sans passé, sans avenir. Uniquement le plaisir et la chaleur, ainsi que l'instant présent.

Finalement, il se déplaça, se tourna sur le côté pour s'allonger près d'elle sur le lit. La respiration de Sonora était encore irrégulière, et la pièce tournoyait un peu. Leurs jambes restèrent entremêlées, leurs mains jointes.

Le souffle chaud d'Ashton lui taquinait la peau. Il libéra une main et la remonta sur le corps de Sonora, glissant sur son cou pour prendre sa joue dans sa paume.

Toute cette escapade avait été étonnamment merveilleuse.

— Waouh, lança-t-elle.

— N'est-ce pas ? acquiesça-t-il.

Le sourire d'Ashton était nettement prétentieux. Puis cette expression vola en éclats, retournant à la tristesse et au deuil alors que le souvenir lui revenait. Le chagrin arriva comme une vague et se brisa sur eux.

Sonora leva un doigt et le secoua pratiquement vers lui... et vers elle-même, parce que, pendant un instant, les mêmes pensées l'avaient envahie.

— Non.

Elle n'eut pas besoin d'en dire plus avant qu'il ne fasse la grimace.

— Tu as raison. C'était...

Il marqua une pause et arqua un sourcil.

— Célébrer le fait que ce n'est pas nous qui sommes six pieds sous terre en ce moment semble dur, mais c'est aussi la vérité.

— Penses-tu vraiment que Walter et Deb voudraient que tu pleures ? Ou est-ce que ça leur aurait convenu que tu aies trouvé un moyen, comme tu dis, de célébrer la vie ? demanda Sonora doucement.

À sa grande surprise, Ashton se mit à rire.

— Walter est sûrement en train d'applaudir. Il attend depuis des années que je succombe à tes charmes.

Sonora roula des yeux.

— Il était terriblement taquin.

Ashton la fit rouler sous lui. Même si son regard était moins grave, il contenait toujours une touche d'inquiétude.

— Mais il avait raison. C'était inévitable entre nous. Je suppose que nous devrions parler de ce qui va se passer ensuite.

Elle aimait sa présence dans son lit, lourde et sous contrôle, mais elle ne pensait pas qu'il faisait allusion à davantage de sexe entre eux. Il avait cette *expression*... celle qui disait qu'elle n'allait pas aimer le tournant qu'il allait donner à la conversation.

Mais elle lui accordait le bénéfice du doute.

— Qu'est-ce que tu veux dire par « ce qui va se passer ensuite » ?

— Nous ne devrions pas précipiter les choses, dit Ashton. Beaucoup de choses vont se passer à Silver Stone. Je vais devoir me concentrer là-dessus pour pouvoir guider Caleb, mais nous pourrions prévoir un mariage pour l'été prochain...

— Attends un peu.

Étrangement, elle l'avait dit sans crier. Sonora était fière de sa maîtrise.

— Pourquoi donc est-ce qu'on se marierait ?

Il cilla.

— Parce que...

— Tu dois revoir rapidement ta position si les mots *parce que nous avons couché ensemble* étaient sur le point de sortir de ta bouche. Nous ne sommes pas au début du siècle dernier, et je ne suis pas une demoiselle dans un cocon.

Sonora lui offrit une seconde chance, souriant alors qu'elle lui caressait la joue.

— Le mariage est quelque chose de précieux. C'est un engagement et un vœu entre personnes qui s'aiment. Le sexe est quelque chose de complètement différent. Ni l'un ni l'autre n'est bon ou mauvais, sauf quand les gens mélangent les deux.

Ashton tint sa langue, mais fronça les sourcils.

Elle caressa le pli entre ses sourcils, le faisant disparaître.

— Ce soir, c'était pour nous deux. Une célébration de la vie, comme tu l'as dit. Du fait de savoir qu'elle peut disparaître en moins d'une seconde mais que pour l'instant, nous sommes encore là. Nous ressentons, nous aimons, nous avons des sentiments.

Elle soutint son regard pendant qu'il réfléchissait.

Sonora espérait vraiment qu'il trouve rapidement la solution, avant qu'elle ne doive le frapper.

Ce n'était pas littéralement un coup de marteau, mais les paroles de Sonora s'en approchaient métaphoriquement. La vérité le frappa violemment parce qu'elle avait raison.

Être ensemble après une perte aussi dévastatrice avait empli son âme et brisé la glace qui entourait son cœur. Mais il n'était pas question d'entamer un nouveau chemin ensemble. S'il insistait à contre-courant, la relation entre eux pourrait se briser. Cela risquait de transformer quelque chose de magnifique et de naturel en poussière.

Les jours à venir allaient le vider. De son temps, de son énergie, de sa force. À l'avenir, Ashton imaginait qu'il fonctionnerait parfois uniquement à force de volonté. Ce n'était pas le moment d'entamer une nouvelle relation.

Il n'avait pas besoin d'une amante. Plus que jamais, il avait besoin d'une amie.

Pendant une fraction de seconde, quelque chose au fond de lui tenta de se plaindre avant qu'il ne le repousse. Ce n'était peut-être pas ce qu'il voulait vraiment, mais il était assez intelligent pour écouter la voix de la raison.

Ashton roula sur le côté, attira Sonora contre lui et la serra fort. Il resta silencieux et ne fit rien de plus que dire à son cerveau qu'elle avait raison, et que ça – *eux* – ne devait pas changer.

Il y aurait bien assez de changement dans leurs vies dans les prochains jours.

Au début, Sonora resta raide, mais plus il la tenait contre lui, plus sa tension s'apaisait. Encore une fois, lui donnant quelque chose.

Il était temps d'accepter la sagesse de ses paroles, pas seulement pour cet instant ensemble mais le fait de savoir que ce n'était pas quelque chose d'éternel.

— Amis ?

Il l'avait dit doucement. Il l'avait proposé, en fait, comme un gage, dans l'espoir qu'elle le lui rendrait.

Sonora se retourna jusqu'à trouver la main d'Ashton, elle la porta à ses lèvres et lui embrassa doucement les phalanges.

— Amis.

Le visage de Sonora était de nouveau détendu. Aucun signe d'inquiétude, de peur ou de tristesse. Simplement une assurance solide.

— Nous pouvons le faire, Ashton. Nous devons simplement retourner à ce que nous faisons le mieux.

— Nous disputer ? suggéra-t-il.

Même si, pour être sincère, le sexe avait été génial aussi.

Les yeux de Sonora s'illuminèrent.

— Est-ce affreux si j'aime voir tout le monde autour de nous s'imaginer que nous sommes ennemis jurés ? Enfin, tu m'agaces vraiment parfois, ne te méprends pas.

— Mais parfois c'est amusant d'exagérer un peu juste pour les faire marcher. Provoquer une réaction chez eux, répondit Ashton en rapprochant sa tête. Même si je ne l'admettrai jamais.

Elle lui lança un grand sourire.

— Ha. Que ce soit vrai et franchement l'admettre sont deux choses bien différentes, Ashton Stewart.

La voilà. Encore une fois sa complice. Un cœur compréhensif qui l'avait aidé à apaiser sa douleur et à soulager une partie de ses peurs durant les moments les plus sombres.

Ashton inspira profondément.

Ça va être dur. Les prochains jours.

Sonora hocha la tête.

— En effet. Mais ils seront plus faciles avec des amis à tes côtés.

Le fait qu'ils soient encore nus sous les draps n'avait soudain plus d'importance. La relation sexuelle qu'ils avaient partagée existait encore entre eux, mais cette autre sensation était étrangement autre chose. Plus puissante. Une chose qu'Ashton ne voulait pas gâcher parce qu'elle était importante.

Mais malgré tout, il la serra encore un peu, tous deux silencieux alors que la maison craquait puis se taisait dans les ténèbres de la nuit.

Des amis. Pour l'instant. Peut-être pour toujours.

Ashton écouta les doux battements de cœur de Sonora et fit son deuil.

LES FANTÔMES DU NOËL PRÉSENT

Décembre, deux ans plus tôt

La neige tombait de nouveau.

Sonora regardait par la fenêtre de son salon les gros flocons qui apparaissaient par magie dans un ciel presque sans nuages, et elle se demanda à quel point les rumeurs concernant la *tempête de la décennie* étaient vraies.

Elle était à Heart Falls depuis seize ans maintenant et avait parlé avec suffisamment d'amis qui avaient vécu ici toute leur vie pour savoir que les saisons suivaient des rythmes. Un hiver difficile tous les six ou sept ans, avec quelque chose de spectaculaire tous les dix ans.

C'était le moment pour un autre spectacle environnemental grandiose.

Du coin de l'œil, elle vit une camionnette marquer une pause sur la nationale puis tourner en direction de sa maison. Elle était presque arrivée quand elle s'aperçut que c'était Ashton.

Sonora soupira. Un autre rythme, seulement celui-là était

moins amusant à résoudre que l'énigme entourant l'apparition de la neige ou son absence.

Ou peut-être qu'elle devrait qualifier la présence de cet homme de battement de tambour. Un bruit léger et toujours présent à l'arrière qui ne devenait plus fort que lorsqu'il se rapprochait.

Comme la météo locale, Sonora avait appris beaucoup de choses sur Ashton au cours des années écoulées. Leur relation avait subi des fluctuations, parfois plus proche, parfois parfois plus lointaine avec de plus longs intervalles entre leurs échanges. Les neuf mois précédents avaient été très chargés, surtout depuis qu'elle avait impulsivement fondé un refuge pour animaux dans sa grange avec l'aide de la communauté.

Et d'Ashton, supposait-elle.

Toujours Ashton.

Pour Dieu sait quelle raison, quelque chose avait commencé à changer. Et avec les changements était venue une envie grandissante de parler des pensées sinueuses qu'elle avait dans la tête et dans le cœur, qui n'étaient plus aussi claires.

Vous êtes censés être amis.

Cette pensée était la sienne, mais elle entendit les mots de la voix de Greg. Le fantôme de la voix de son mari résonnait encore dans son cerveau aux moments les plus inopportuns.

— Nous le sommes. Des amis acariâtres, insista Sonora, regardant Ashton qui roulait vers son emplacement préféré sur le côté de la maison au lieu de l'avant où tout le monde s'arrêtait. Nous l'avons toujours été à ce jour. Et ça me convient.

Ce sont des conneries.

— Ce ne sont pas des conneries. Je n'ai aucune envie que nous devenions autre chose que des amis.

Le mensonge ne te va pas, Sonora Fallen. Ni la lâcheté.

Seize ans, ça devrait suffire à admettre que tu l'admires. De plus, tu es seule. Sa présence dans ton lit ne te dérangerait pas.

Et peut-être plus.

— Tais-toi, Greg.

Sonora était presque à court de sens de l'humour ce jour-là. Elle n'était pas prête à gérer des fantômes qui la critiquaient ou qui lui soumettaient des idées qui n'amèneraient rien d'autre que des problèmes.

Des problèmes parce qu'Ashton et elle avaient convenu que ce ne serait rien d'autre que l'amitié après leur seule fois.

C'était drôle comme elle pouvait voir cette phrase écrite dans sa tête. Avec des majuscules et en italique. *LA SEULE FOIS*.

Leur seule escapade sexuelle était devenue l'objet d'une rêverie dans laquelle elle tombait, les détails se brouillant alors que le temps s'écoulait. Comme un spectacle spécial qui n'avait été joué qu'une fois, en direct, avant l'époque de la vidéo, la diffusion multimédia et les replays instantanés.

Elle ne savait pas exactement quand les autres changements avaient commencé. Ils étaient tellement habitués à être simplement eux-mêmes avec les autres, se critiquant et se titillant, que personne ne semblait croire qu'il était seulement possible pour eux de désirer davantage.

Et davantage, c'est ce que tu veux. Admets-le...

— Bien. Sois maudit, Greg. J'en veux davantage.

Sonora ne savait toujours pas ce qu'elle voulait *de plus*, mais la certitude qu'elle ne voulait pas continuer ce qu'Ashton et elle faisaient depuis des années la laissait chancelante sur un terrain inconnu.

La sonnette retentit.

Elle s'avança lentement, faisant preuve d'un tel sang-froid qu'elle put lancer un grand sourire à l'homme qui se tenait sur son perron.

— Ashton. Quelle surprise !

— Pas vraiment.

Il passa à côté d'elle et ferma la porte derrière lui pour empêcher l'air chaud de s'échapper.

— Tu vas en ville chaque samedi, ajouta-t-il.

Pour une fois, il réussit à la déconcerter.

— Et alors ?

Il fit un geste vers l'extérieur.

— Une tempête approche. Je me suis dit que tu serais trop têtue pour rester chez toi comme tu devrais. Je vais t'emmener.

Encore une fois, une super idée proposée d'une manière dictatoriale. Il semblait que *certaines* choses ne changeaient jamais.

Sonora se pencha vers la fenêtre. Elle ignora la neige légère et regarda ostensiblement l'énorme bande de ciel bleu vif.

— Ça a certainement l'air difficile. Je suis sûre qu'on ne peut pas me faire confiance pour rouler dans ces conditions. Je suis si contente que tu sois là pour m'empêcher, moi la petite chose, de faire de mauvais choix.

Il soupira.

— Désolé. J'ai recommencé, hein ?

Elle lui tapota l'épaule en allant vers ses bottes et son sac à main.

— Oui, mais tu as le cœur à la bonne place. Donne-moi une minute, et je serai prête à partir.

Une fois manteau, bottes, écharpe et mitaines enfilés, Sonora tendit la main vers le grand panier en osier rempli d'affaires qu'elle voulait déposer chez sa fille.

— Laisse-moi porter ça pour toi, proposa Ashton.

— On croirait que je suis une fleur délicate, à la manière dont tu me traites comme un bébé parfois, le réprimanda-t-elle doucement.

Mais elle lui ouvrit la porte et le laissa sortir en premier.

— Pas délicate. Bon sang, ma chère, laisse un homme te traiter avec respect sans être insolente.

Non seulement il porta le panier, mais il lui tendit la main, l'aida à descendre les marches et à avancer dans la neige jusqu'au côté passager de la camionnette.

— Ne l'ouvre pas, ajouta-t-il.

Sonora s'arrêta brusquement, la main au-dessus de la poignée.

Pendant qu'elle attendait, il ouvrit à l'arrière et posa son panier sur le siège puis se dépêcha de lui ouvrir la portière.

— Vraiment ? demanda-t-elle, incrédule quand il se pencha et lui tint la main comme quand il l'aidait à monter à cheval.

— C'est haut, et tu es petite, dit-il platement.

Lorsqu'elle roula des yeux, il secoua la tête mais resta là.

— Têtue, ajouta-t-il.

— Nous avons déjà eu cette conversation, signala-t-elle. Ta camionnette n'est pas mon cheval. Je peux monter dans la cabine toute seule, tout comme je suis capable de porter mes affaires.

— Vois les choses en face. Si je ne *t'avais* pas proposé de porter le panier, tu m'aurais traité d'homme des cavernes et de rustre puis tu m'aurais ordonné de le prendre.

Elle se mit à rire alors qu'elle se rapprochait de lui, se plaçant au même niveau. Sonora arborait un grand sourire, leurs nez se touchant pratiquement.

— *Tu as raison.*

Elle avait voulu le taquiner. Elle avait simplement voulu le titiller un peu, mais ils étaient aussi proches que l'odeur d'Ashton la baignait… Seigneur, qu'est-ce qui n'allait pas ? Soudain, elle était fiévreuse. Enflammée jusqu'à la moelle.

Et quoi que ce soit, cela avait aussi atteint Ashton. Ses joues bronzées étaient devenues rouges, et ses yeux brillaient.

Ils reculèrent tous deux rapidement.

Sonora tendit la main vers la poignée de maintien pour se relever, s'envolant à moitié vers la banquette quand Ashton l'attrapa par les hanches et s'en chargea.

Elle disposa du temps que cela prit à Ashton pour faire le tour de la camionnette pour que ses battements de cœur reviennent à la normale.

Qu'est-ce que c'était que *ça* ? À l'évidence, elle se sentait confuse ces temps-ci, mais ça…

Sonora inspira profondément encore une fois avant qu'il ne s'installe près d'elle et ne démarre.

— Où vas-tu ? demanda-t-il dans un grognement.

Elle s'agrippa à ce petit bout de normalité.

— Chez Sophie. Et peut-être au *Buns and Roses*. Je n'ai pas vu Rose ni Tansy depuis plus d'une semaine.

— Vraiment ? Habituellement, tu y passes un jour sur deux.

— J'étais juste occupée.

Elle l'avait été, en quelque sorte, mais la vérité était un aveu que Sonora ne ferait pas à Ashton.

Elle avait accidentellement percuté un arbre en reculant avec sa camionnette le dimanche précédent et ne savait pas si c'était encore légal de rouler avec. Elle n'avait pas encore réussi à appeler le garage pour réparer le pare-chocs, surtout parce qu'elle était trop gênée par toute cette histoire.

Heureusement qu'Ashton était venu, ou elle aurait été obligée d'avouer sa bêtise à son gendre en arrivant chez lui ce matin pour demander de l'aide.

— Je peux te déposer chez ta fille, mais je dois m'arrêter au grand magasin avant.

— Bien sûr. C'est sur le chemin, répondit Sonora en examinant le ciel. Il fait bien trop beau pour que ce qu'ils annoncent aux infos se produise.

— Qui sait ce que nous aurons vraiment, dit-il en lui lançant un sourire. Je suis heureux que nous habitions en

Alberta. Mon frère a appelé ce matin et m'a dit que Winnipeg est un congélateur. Moins quarante, avec des températures plus froides attendues demain.

Sonora frissonna de tout son corps.

— Horrible.

— Ouais.

Elle se tourna pour lui faire face.

— Comment va ton frère ?

Ashton soupira.

— Misérable. Mais il ne fait rien pour changer les choses, alors ça doit lui aller d'une manière tordue.

Au cours des années, Ashton lui avait révélé l'étrange relation entre son frère et son épouse. Leur mariage n'avait jamais eu de sens pour Sonora. Cela ressemblait plus à une relation d'affaires qu'à deux personnes amoureuses.

— Son épouse et lui travaillent encore à l'université ?

— Je pense qu'ils seront enterrés dans la bibliothèque de recherche de cette université, avança Ashton.

Il se tut pendant un instant, puis secoua la tête comme s'il se débarrassait d'une vilaine pensée. Il lui lança un coup d'œil et changea complètement de sujet :

— Tu es belle aujourd'hui.

Sonora cilla.

— Merci ?

Il rit.

— Jolie manière d'accepter un compliment.

— Je croyais que j'avais déjà usé mon quota de compliments pour l'année.

Les lèvres d'Ashton tiquèrent.

— Suis-je si terrible pour te dire des choses gentilles ?

Elle haussa les épaules.

— Je ne vois pas pourquoi tu aurais besoin de me dire plus souvent des choses gentilles. Je plaisantais. Ne t'inquiète pas.

— Mais tu es belle, dit-il doucement, son regard rivé à la route alors qu'ils approchaient des premiers magasins de Heart Falls. Et je l'ai remarqué.

Le ton de sa voix avait changé, et un frisson la traversa. Voilà une réaction complètement différente de celle qu'on ressent en cas de grand froid. Il s'agissait de chaleur torride, de désir et...

Des amis, tu te souviens ?

Mais quand Ashton alla se garer à côté du magasin, ce *quelque chose* dans l'air était revenu.

Il éteignit le moteur mais s'accrocha au volant encore un moment.

Sonora le regarda.

— Ça va ?

Il poussa un soupir comme s'il se préparait pour une tâche difficile. Il lui fit face, et son expression...

Seigneur. Ce n'était pas l'expression d'un ami. De bons amis attentionnés et acariâtres ne se regardaient pas comme s'ils étaient affamés.

— Je remarque toujours.

Le cœur de Sonora s'emballa.

— Ashton ?

Il s'avança de manière résolue. Et un instant plus tard, sa main entourait la nuque de Sonora et l'attirait vers lui.

— Rends-moi mon baiser, ordonna-t-il.

Ses lèvres se pressèrent sur les siennes avant qu'elle ne puisse dire *d'accord*.

Le souvenir de sa bouche qu'elle avait rejoué encore et encore dans sa tête avait à l'évidence perdu en intensité avec les années, parce que c'était bien plus spectaculaire. Ses lèvres fermes, ses mains assurées, Ashton s'empara d'elle, exigeant une réponse avec ses dents, sa langue et son désir brûlant.

La main qui entourait son cou resta bien en place, mais

l'autre fit descendre la fermeture Éclair de son manteau puis passa autour de sa taille, attirant tout son corps au milieu de la banquette. Puis Ashton posa la paume sur son pull, tenant tendrement de sa grande main un des seins de Sonora comme s'il la possédait.

Impossible. C'était complètement impossible. Sonora n'arrivait pas à comprendre comment ils étaient passés d'une discussion sur la météo hivernale à un baiser si fougueux que tout son corps la picotait de plaisir.

Impossible, mais qui s'en souciait ? C'était bon. Très, *très* bon.

Un gouffre s'ouvrit soudain entre eux alors qu'il la repoussait presque.

— Non. Nous n'allons pas faire ça. C'est complètement anormal.

Respirer était encore difficile, tout comme réfléchir. En moins d'une minute, d'une manière ou d'une autre, il l'avait privée de toute capacité à se concentrer. Amusée, elle retrouva enfin ses mots.

— Il me semble que nous nous en sortions très bien. En fait…

À ce stade, quand le vin est tiré… Sonora changea de position avant de grimper sur la banquette pour lui faire face. Une main sur son torse, elle se pencha lentement.

Les pupilles d'Ashton étaient devenues énormes, son torse se soulevait sous chaque inspiration qu'il prenait. Ses mains se posèrent sur les hanches de Sonora, ses doigts forts la serrèrent étroitement et la rapprochèrent encore davantage.

Il pencha la tête et s'empara de ses lèvres, et Sonora se laissa faire.

Anormal ? Non, c'était parfaitement normal.

D'un rapide mouvement, il sortit son pull de son pantalon et pressa les doigts contre sa peau nue, dessinant des cercles doux qui la chatouillaient alors qu'ils déclenchaient un feu dans tout son corps.

Il grogna, approfondissant leur baiser, et elle était prête à l'attirer à elle sur le siège avant, au diable les conséquences.

La seconde d'après elle décollait, Ashton l'avait soulevée de ses cuisses et posée sur la banquette.

Elle avait à peine repris son équilibre lorsqu'un froid glacial tourbillonna autour d'elle. Il avait ouvert sa portière et était sorti de la camionnette. Il enfonça son chapeau sur la tête alors que son regard croisait le sien. Cherchant son souffle, le regard brûlant, il avait l'air à deux doigts de la ravager.

Peut-être qu'elle aurait dû être agacée que son baiser soit arrivé sans crier gare, mais à la place, elle constatait une nette absence de mécontentement devant son comportement étrange. Elle avait envie de lui, envie de ça, et, comme diraient ses petites-filles, s'arrêter, *ça craignait*.

Il ne dit rien. Il la fixa simplement du regard.

Sonora se reprit un peu.

— Nous devrions parler.

Ashton pointa un doigt vers elle, ne disant toujours rien.

Elle haussa un sourcil, attendit.

— Assise. Ne bouge pas, gronda-t-il.

Il claqua la portière derrière lui. Des nuages de neige tourbillonnaient dans l'air comme des fées de glace miniatures s'élevant pour la bataille.

Elle le regarda s'éloigner, confuse, surprise.

Il était... parti ? Il l'avait embrassée puis était parti.

Sans un mot. Sans... Eh bien, sans crier, se plaindre ni quoi que ce soit d'habituel du genre. Juste un Ashton Stewart très agaçant en mode autoritaire. *Assise, ne bouge pas*. Comme si elle était un *chien*.

Il était *parti*.

La colère montait. Sonora lança un regard noir à travers la

vitre de la camionnette en direction du grand magasin qui se trouvait sur la droite. Ashton était déjà entré, heureusement, parce qu'elle aurait été tentée de bondir dehors et de lui balancer une boule de neige.

Sonora croisa les bras sur sa poitrine et laissa sa colère de s'enflammer. Inutile de gâcher une bonne colère lors d'une froide journée. La fureur faisait circuler son sang ainsi que le reste.

Si c'était *elle* qui l'avait embrassé sans crier gare – qui l'avait forcé *lui* – elle aurait pu mieux comprendre sa réaction. Ou si elle avait eu la moindre idée qu'être embrassé par elle était si répugnant, elle aurait arrêté instantanément.

Oui, cela avait été un acte impulsif, mais c'était lui qui l'avait embrassé le premier.

Qu'est-ce que c'était que ce *bazar*.

Elle lança un coup d'œil par la vitre, trop agitée pour rester assise – elle n'avait aucune envie d'obéir à son ordre d'attendre comme un bon chien. Sonora remonta la fermeture Éclair de son manteau.

Elle sortit de la camionnette, carra les épaules et s'en alla en ville.

6

Ashton faisait la queue devant le comptoir, attendant son tour. Cela le démangeait d'abandonner sa tâche, de retourner à la camionnette et d'entamer cette discussion que Sonora avait suggérée. Parler, crier, tout ce qui était nécessaire.

Mais cela requérait qu'il admette qu'il ne savait pas ce qu'il avait eu en tête quelques minutes auparavant.

Bon sang, il l'avait embrassée, l'avait caressée. Merde, s'ils n'avaient pas été garés à la vue de tous, il aurait été tenté de la déshabiller et de lui faire l'amour sur le siège de la camionnette.

Ashton se frotta le visage et lutta pour retrouver son sang-froid. Embrasser Sonora n'avait pas été envisageable depuis des années, sauf dans ses satanés rêves. Pourquoi avait-il perdu la boule maintenant ?

— Je sais, mais quel autre choix me reste-t-il ?

Oh.

Oh merde.

Ce commentaire de la conversation avec son frère ce matin-là lui revint en force, résonnant dans son cerveau, et Ashton fut projeté dans le passé comme un poisson sur une ligne.

Ils avaient parlé de la prochaine saison des fêtes. Non pas qu'ils aient prévu de se retrouver en famille. Mais Ashton aimait quand même garder le contact, pour le bien de son neveu, à défaut d'autre chose…

— En plus des habituelles fêtes de la faculté, nous accueillerons nos soirées annuelles de Noël. Vendredi prochain, l'association philharmonique de Lynn sera à la maison, avait dit Steve avant de pousser un soupir. Bien sûr, elle l'a curieusement réservée le soir où j'avais prévu notre réception du club de bridge…

— Alors ça sera quoi ? Le bridge ou la musique ?

Steve avait émis un son moqueur.

— Poser des questions pareilles démontre que tu n'as jamais été marié. À moins que je ne veuille gérer une femme qui se morfond pendant tout le mois, ce sera la musique. J'ai reporté le bridge au dimanche. Ce qui veut dire qu'*elle* a dû déplacer le dîner des anciens élèves. C'est tellement agaçant de ne cesser d'ajuster les choses ! Lynn devrait faire plus attention.

— Vous n'aviez pas fait deux réservations pour Thanksgiving ? Et Lynn a dû réorganiser les choses à la dernière minute ?

— Eh bien, peut-être. Mais c'était il y a une éternité. J'ai vraiment l'impression que notre emploi du temps nous servirait mieux en suivant mes plans, pas les siens. Mais la vie est comme ça.

— Vous deux me donnez mal à la tête, avait dit Ashton.

Vraiment, la relation passive-agressive de Steve avec son épouse ne rendait personne heureux. Ils ne se disputaient pas franchement. Ils ne se trompaient pas. Extérieurement, ils étaient toujours très polis et prévenants alors qu'ils faisaient continuellement des compromis ou finissaient dans des positions où ils se sentaient misérables. Ça avait toujours été comme ça, mais au cours des dernières années, ça n'avait fait qu'empirer.

Comme d'habitude, la discussion avec son frère avait déclenché les mauvaises réactions. Ashton savait qu'il aurait dû se taire.

Mais il n'avait pas pu.

— Que l'un ou l'autre de vous deux soit toujours misérable est une affreuse décision, avait-il signalé.

— Je sais, mais quel autre choix me reste-t-il ?

Un choix ? Ashton connaissait la réponse à cette question.

— Vous pourriez faire quelque chose qui vous rende tous les deux heureux pour une fois dans vos fichues vies.

— Eh bien, quand tu suivras ton propre conseil, je te ferai signe.

Steve avait eu un rire moqueur justifié puis avait raccroché.

C'étaient des conneries ça. Ashton *était* heureux. Il avait un super boulot, des personnes merveilleuses avec qui travailler, et de bons amis, y compris Sonora. Cette femme était une magnifique constante dans sa vie. Inébranlable et toujours divertissante, avec leurs répliques et débats sans fin qui le forçaient à ne pas se relâcher.

Sexy comme le péché, aussi.

Ashton se figea. Non. C'était une voie qu'il n'avait pas le droit de suivre...

— Suivant.

À l'appel de l'employé qui s'impatientait, Ashton sortit brusquement de ses pensées et s'approcha du comptoir.

— Collecte pour Silver Stone.

— Tout de suite, M. Stewart.

L'homme derrière le comptoir fit volte-face et s'engagea dans les rayons, laissant Ashton avec le souvenir de sa matinée qui s'estompait et la prise de conscience grandissante de ce qui avait fait que son cerveau avait eu des ratés dans la camionnette.

Être témoin de la vie misérable que Steve et Lynn avaient créée avait influencé ses choix de bien des manières aux cours des années. Cela lui avait fait jurer que *lui* ne se marierait jamais. Cela l'avait aidé à comprendre qu'il était plus précieux de concentrer son attention sur sa relation avec son neveu Tucker que de tenter de construire quoi que ce soit avec son frère.

Mais la grande révélation de cette matinée particulière avait été de reconnaître enfin l'horrible vérité qu'il avait délibérément fourrée dans une petite boîte pendant des années.

Embrasser Sonora était vraiment un choix qu'il voulait faire.

Après tout ce temps à être amis, il avait envie de Sonora Fallen à un point qui s'approchait d'un besoin addictif. Cela n'excusait pas ses actes quelques minutes auparavant dans la camionnette, mais cela les expliquait certainement.

Son cerveau savait peut-être que sauter sur cette femme n'était un plan logique, mais son instinct était parti à fond la caisse.

Qu'est-ce qui le rendrait vraiment heureux ? Avoir Sonora Fallen dans sa vie, et en particulier dans son lit, à plein temps, sans poser de questions. Il n'avait pas besoin d'une épouse. Il leur ferait entendre régulièrement des cloches avec plaisir sans arrangement plus officiel.

Il était très loin de ce qu'il avait pensé la seule et unique fois où ils avaient couché ensemble.

Peut-être qu'un vieux singe pouvait apprendre à faire des grimaces.

Cela avait compliqué ses pensées en allant la chercher ce jour-là. Comment aborder le sujet alors qu'être *ensemble* n'avait pas été une possibilité depuis plus d'une décennie.

Une part de lui savait que tout changement dans leur relation devrait se produire lentement. Même les petites choses, comme la complimenter sur son apparence… c'était une chose qu'il faisait rarement.

Surtout parce que trop la regarder voulait dire qu'il finissait chez lui, à s'occuper de lui-même ou à prendre des douches froides pendant que des fantasmes de Sonora dans son lit surgissaient avec des détails bien trop nets dans son cerveau.

Non. Embrasser Sonora avait relevé d'une perte de sang-froid et montrait une terrible absence de préparation…

Mais il ne le regrettait pas vraiment. Comment pourrait-il regretter un des meilleurs moments de sa vie ? Seigneur, cette femme avait le goût du péché.

Le rayon de soleil sur le sol près de ses pieds disparut brusquement. Ashton regarda par la vitre les nuages orageux qui approchaient rapidement. La tempête annoncée était arrivée.

Son téléphone vibra.

Il le sortit avant de regarder avec confusion le texto venant de Sonora.

> **Sonora : Est-ce que tu sais où est passée l'étoile de fête que Gary Silver a fabriquée ? Elle aurait été emportée par quelqu'un de l'église en janvier il y a deux ans environ, peut-être par un membre de l'Église unie. Je suis certaine que toutes les décorations que je connais sont présentes.**

De quoi parlait-elle ?

Et aussi, *qu'est-ce que c'était que ce bazar* ? Il était là, à mariner dans la mauvaise conscience de l'avoir embrassée, certain qu'elle prévoyait des méthodes pour détacher et faire griller ses parties génitales. Mais au lieu d'avoir les pensées embrouillées comme lui, elle rêvassait sur des décorations de Noël ?

— Un problème ? demanda le gars derrière le comptoir.

Ashton cilla.

L'homme fit un geste vers le téléphone d'Ashton.

— On dirait que vous êtes prêt à dire à quelqu'un d'aller voir ailleurs si vous y êtes.

Ashton enfonça l'appareil dans sa poche.

— Des trucs frustrants. Je croyais qu'ils étaient censés être utiles.

— Parfois il vaut mieux les ignorer complètement, suggéra l'autre homme en poussant un large carton. À moins que ce ne soit pour le travail ou une urgence, il n'y a rien que les gens aient besoin de savoir à la seconde et qui ne puisse attendre avant que vous les voyiez en personne.

Dans un instant pareil, Ashton était complètement d'accord. Même si les probabilités de discuter de décorations de Noël quand il reverrait Sonora étaient minces. Il préférerait l'embrasser jusqu'à ce qu'elle n'ait plus les idées claires, juste pour s'assurer qu'elle soit aussi embrouillée que lui.

L'embrasser. *Bon sang*. Il devait se reprendre, et vite. Il avait plus ou moins fichu en l'air son avantage en dévoilant trop vite son jeu.

Malgré tout, Sonora était une femme foncièrement raisonnable. Peut-être que tout ce qu'il faudrait, ce serait qu'il ait une conversation honnête avec elle.

Il était temps de choisir quelque chose qui les rendrait tous deux heureux. Il en était sûr.

Il poussa les portes du magasin et sortit dans un vent glacial qui pinçait fort. La tempête pourrait tourner à son avantage. Il convaincrait Sonora de rendre visite à sa fille à un autre moment. À la place, il la ramènerait chez elle puis lui proposerait sa version corrigée de leur relation.

Heureux de son plan, Ashton ouvrit la portière de la camionnette.

— Et si nous rentrions avant...

Sonora n'était plus là.

Incroyable, putain. Il fourra le carton sur le siège arrière, remarqua que le panier était encore là, puis fit rapidement le tour du véhicule.

Le vent avait déjà commencé à recouvrir ses empreintes de pas, mais elle était clairement sortie et s'était aventurée en ville.

Un des avantages à habiter dans une petite ville, c'était qu'Ashton savait à peu près où elle était allée. Il fonça avec la camionnette sur la nationale et s'arrêta brusquement devant le café du *Buns and Roses*.

Le vent d'un froid mordant s'enroula autour de lui alors qu'il franchissait la courte distance jusqu'à la porte d'entrée, sa colère grimpant rapidement et violemment. Ce vent aurait pu la surprendre. Avait-elle envisagé ça avant de partir aussi bêtement ?

Il ouvrit brusquement la porte du café et la repéra immédiatement. Sonora était assise près de Brooke, la fille de son meilleur ami, Gary Silver. Les deux femmes avaient l'air à l'aise, tasses de café à la main, assiettes avec des biscuits au chocolat sur la table devant elles.

Son brusque soulagement ne fit que renforcer sa colère, et il s'approcha d'elles.

Curieusement, il réussit à hocher la tête d'une manière relativement amicale à l'attention de Brooke avant de lancer un regard noir à Sonora.

— As-tu perdu la tête, femme ?

Sonora lui rendit calmement son regard glacial avant de détourner délibérément les yeux pour boire une gorgée.

— Non, pas la dernière fois que j'ai vérifié.

Ashton s'assit sur la troisième chaise vide. Ignorant tout le monde en dehors de Sonora, il parla fermement, ne se souciant même pas que son agacement soit clair dans sa voix.

— Quand je te propose de t'emmener en ville, je m'attends à ce que tu sois là où je t'ai laissée et que tu me laisses te conduire partout où tu veux aller.

— Je ne suis pas un chien à qui tu peux ordonner de ne pas bouger, Ashton. Si tu ressens le besoin de t'entraîner au dressage canin, passe au refuge animal.

Elle plissa ses yeux vifs.

— Ou peut-être pas. Tu les agacerais tous puis tu t'en irais.

Il se raidit. C'était un coup bien envoyé et spécifique. Ce qui voulait dire qu'elle n'avait pas été complètement indifférente au baiser après tout.

En face de lui, Brooke buvait son café, les regardant, Sonora et lui, avec grand intérêt. La jeune femme ne dit rien, mais ses lèvres trahissaient une pointe d'amusement avant qu'elle ne se reprenne et ne feigne d'être absorbée par la pâtisserie sur son assiette.

Il était sur le point de dire autre chose à Sonora lorsque le vent souffla contre la devanture suffisamment fort pour faire trembler le double vitrage, et la neige qui menaçait se mit à fouetter le bâtiment, comme par enchantement.

La météo avait officiellement changé. La tempête hivernale annoncée était arrivée, encore plus déchaînée et violente que prévu.

— Waouh, ça n'a pas l'air très sympa, dit Brooke en reculant de la table pour regarder dehors.

Le blanc estompait les bâtiments de l'autre côté de la rue.

— C'est pour ça que je ne voulais pas que tu t'éloignes, dit-il à Sonora.

Bon sang, il la grondait presque. Il baissa délibérément la voix, examinant Sonora avec inquiétude.

— Tu sais que dans ce territoire les tempêtes arrivent rapidement et sans crier gare. Et si tu avais encore été dehors à marcher quand elle est arrivée ?

— J'aurais marché plus vite.

Mais Sonora lança un coup d'œil derrière Ashton par la fenêtre, et ses joues rouges pâlirent.

La vue de sa peur le désarma, et il lâcha du lest. Il n'allait pas se disputer avec elle. Pas ici. Ils s'étaient peut-être amusés par le passé à mener des pseudo-batailles en public, mais sa peur et sa colère étaient trop réelles et sensibles pour les afficher afin d'amuser la galerie.

À la place, Ashton additionna deux et deux puis se tourna vers Brooke.

— Je présume que c'est toi qui poses des questions sur l'étoile ?

— Mack et moi, oui. Savez-vous où elle est ?

Ashton se frotta la mâchoire. Son meilleur ami dirigeait le garage du coin avec l'aide de Brooke. Gary avait aidé le ranch de Silver Stone et d'autres au cours des années, mais seuls quelques endroits auraient eu l'utilité de ses talents de soudeur. La liste des personnes qui auraient répondu présentes en cas de besoin dans ce domaine n'était pas très longue.

— Peut-être. Je dois passer quelques coups de fil, mais si je la trouve, je t'appellerai.

— N'en parlez pas à papa, demanda-t-elle. Nous essayons d'en faire une surprise.

Ashton supposa que *nous* voulait dire Mack et elle.

Mack, le petit ami de Brooke, était un pompier du coin et un homme bien, solide. Mais les pères n'aimaient pas toujours le changement quand il se produisait sous leurs nez, et jusque-là, Gary s'était abstenu d'approuver cette relation.

Il semblait que les enfants essayaient de faire quelque chose de spécial pour les fêtes. Un peu tard, étant donné qu'on était déjà le 21, mais quand même.

Ashton hocha la tête puis regarda Sonora et Brooke.

— Prenez votre temps, mesdames. Je vous conduirai toutes les deux là où vous devez aller quand vous aurez terminé.

Sonora pinça les lèvres, mais ne broncha pas.

Brooke non plus… et quelques minutes plus tard, tous trois emmitouflés et assis dans la camionnette, ils roulaient en direction du garage.

Ashton s'arrêta aussi près que possible des portes.

— Dis bonjour à ton père pour moi, dit-il.

— Sans faute. Appelez-le si vous avez le temps. Il parlait d'essayer de passer une soirée au *Rough Cut* pour se gaver de bières et de hamburgers.

— Entendu.

Brooke ouvrit et referma la portière aussi vite que possible, mais la cabine fut quand même emplie d'un froid glacial avant qu'elle ne disparaisse dans le garage.

Ou peut-être que c'était le froid qui irradiait de Sonora.

Ashton sortit la camionnette du parking.

— Nous…

— Tu es un con.

Sonora l'avait dit clairement, puis elle sourit gentiment.

— Qu'étais-tu sur le point de dire ?

Il ne savait pas s'il devait rire ou simplement secouer la tête.

— Est-ce que je dois encore te déposer chez ta fille, ou est-ce que j'ose faire une autre suggestion ?

— Tu as d'autres idées qu'*assise, ne bouge pas* ? Je suis toute frémissante à l'idée de les entendre.

Ouais, il n'était pas près de lui faire oublier ce commentaire.

— Viens chez moi.

Sonora secoua la tête.

— Ramène-moi chez moi et nous parlerons là-bas. Je n'ai pas envie d'expliquer les taches de sang sur le sol de ton dortoir à la famille Stone si les choses dégénèrent.

Il émit un son moqueur et prit la bonne direction pour suivre ses indications.

— Tu penses que notre discussion va devenir violente ?

— Je n'en suis pas sûre. Tu pourrais être en sécurité maintenant que j'ai eu le temps de revoir ma position.

Elle se pencha en avant et regarda les nuages qui passaient au-dessus d'eux.

— C'est vraiment vilain dehors, ajouta-t-elle.

Ils restèrent silencieux pendant le reste du trajet.

Quand ils furent arrivés chez elle, Sonora sortit de la cabine avant qu'Ashton ne puisse faire le tour pour l'aider. Elle ouvrit la porte de derrière rarement utilisée puisqu'elle était la plus proche, et il la suivit aussi vite que possible.

La porte se referma derrière eux, et le hurlement du vent fut soudain coupé, le silence de la maison devenant soudain net à leurs oreilles.

Elle retira son manteau et ses bottes, puis fit deux pas dans le salon avant de se retourner vers lui, les bras croisés sur la poitrine et un sourcil levé bien haut.

Ashton accrocha ses affaires alors qu'il attendait qu'elle lui fasse sa fête. Il attendait qu'elle lui demande s'il était saoul, ou drogué, ou s'il la faisait simplement marcher.

Mais elle restait là, le silence aussi envahissant qu'une troisième présence.

Ashton se rapprocha, prévoyant de passer à côté d'elle pour aller dans la cuisine. Il mettrait la bouilloire en route pour qu'ils puissent se faire une théière, un des rituels permanents de Sonora. Puis, une fois qu'ils auraient tous les deux quelque chose à faire avec leurs mains, il lui dirait clairement qu'il n'était pas... saoul, drogué ni en train de plaisanter.

Mais Sonora lui bloqua le chemin. Elle leva le menton, le regard fixé sur le sien.

— Parle.

— Ici ?

Incapable de résister, il leva une main et repoussa une mèche de cheveux qui s'était échappée de la queue-de-cheval de Sonora.

— Ici même, insista-t-elle.

Puis elle plissa les yeux, et son expression devint dangereuse.

— À moins que tu ne veuilles avoir cette discussion dans ma chambre.

7

Vieillir n'avait fait que renforcer les probabilités qu'elle dise exactement ce qu'elle avait à l'esprit. L'expression surprise d'Ashton prouvait qu'être franche était bien pour s'amuser, à défaut d'autre chose.

Il cilla puis toussa, passant délibérément à côté d'elle.

— Je vais aller allumer la bouilloire.

— Ce qui veut dire non pour la chambre. C'est bon à savoir. La vie est tellement plus facile quand toutes les attentes sont claires.

Ashton l'ignora et fourra la bouilloire sous le robinet avec plus d'énergie que nécessaire.

— Ça va être une sacrée conversation, marmonna-t-il.

— C'était un sacré sale coup que tu m'as fait tout à l'heure, signala Sonora. Pourquoi est-ce que la conversation qui s'ensuit devrait être moins difficile ?

Elle retint sa langue en le rejoignant dans la cuisine. Après avoir cherché dans le réfrigérateur et fouiné dans le placard, quand il eut rassemblé les tasses et allumé la bouilloire, elle avait posé une assiette avec des biscuits ronds et carrés sur la table. Plus par habitude que parce qu'ils avaient besoin de douceurs.

Elle s'assit à sa place habituelle, où la vue merveilleuse du monde à l'extérieur de sa maison la fascinait toujours. Ce jour-là, cela aurait dû être encore plus le cas à cause de la tempête qui ravageait le paysage. Mais au lieu de regarder la neige qui défilait comme dans un film catastrophe frénétique, elle examina délibérément Ashton.

Il reposa la bouilloire puis approcha le sucre et les pots de miel. Il tourna les tasses qu'il avait déjà posées sur le plan de travail, les repoussa légèrement puis les avança de deux centimètres. Il attrapa l'éponge sur l'évier et essuya le tout bien qu'il n'y ait aucune chance que quoi que ce soit soit sale à ce stade.

Lorsqu'il ajusta les tasses encore une fois, Sonora se rendit compte de ce qui se passait. Ashton Stewart était agité. Il était nerveux, et ce fait inhabituel était si charmant que sa frustration persistante s'apaisa.

— *N'y va pas mollo avec lui juste parce que tu penses qu'il est mignon.*

— *Faut-il vraiment que tu te pointes au moment où la situation est la plus délicate ?* demanda-t-elle au fantôme dans son esprit. *Je ne prévois pas d'y aller doucement avec lui non plus,* informa-t-elle Greg.

— *Mais tu penses quand même qu'il est mignon.*

— *Tais-toi, Greg.*

Quelqu'un qui analyserait sa psyché en ce moment aurait besoin d'une bouteille de vodka et d'une année de thérapie.

D'un accord tacite, Sonora et Ashton attendirent que le thé soit prêt et d'être tous deux installés confortablement à table avant de parler. Cela aurait pu n'être qu'une des mille fois où ils avaient partagé un instant comme celui-ci au cours des années, en dehors des papillons dans son ventre qui disaient que c'était complètement différent.

Ashton passa les deux mains autour de sa tasse comme si elle l'ancrait au sol, mais il leva les yeux et croisa les siens sans détour.

— Je ne vais pas m'excuser de t'avoir embrassée.

Elle haussa un sourcil.

— Est-ce que je te l'ai demandé ?

Il soupira profondément et ses épaules s'affaissèrent.

— Non, mais tu aurais dû. Ce n'était pas juste de ma part.

— Ce qui n'était pas juste, c'était de m'embrasser puis de t'enfuir, dit Sonora fermement. Mais rien de tout cela ne m'a autant agacée que le fait que tu me donnes des ordres. Ashton, nous avons abordé ce sujet *à maintes reprises* au cours des années. J'espérais que ça serait enfin rentré maintenant. Je ne suis pas ton chien.

— En effet, acquiesça-t-il, ses lèvres tressaillant. Beauty est bien mieux dressée et elle m'écoute, elle.

Seigneur. Par miracle, elle se retint de rire. Ses mauvaises habitudes n'avaient pas besoin d'être encouragées.

Sonora se concentra et posa les coudes sur la table.

— Tu devrais t'excuser de m'avoir dit de rester assise.

— Je ne voulais pas que tu te fasses la malle, râla-t-il.

— Et tu vois comment ça a tourné, répondit-elle sèchement.

Un soupir exaspéré échappa à Sonora, mais le ton de sa voix redevint calme et poli.

— Ne me donne pas d'ordres. *Demande.*

— Je sais. Tu as raison, dit-il en fronçant les sourcils en regardant sa tasse de thé. Je suis désolé.

Elle attendit.

Il émit un son moqueur.

— Je suis désolé de t'avoir donné des ordres au lieu de demander.

— Merci.

Sonora baissa sa tasse et croisa les mains. C'était à son tour d'être nerveuse.

— Ashton, est-ce que je peux te demander quelque chose ?

— Bien sûr.

Elle regarda autour d'elle ses affaires familières et confortables. Le foyer qu'elle avait construit ici, qui représentait tant pour elle maintenant.

Cela avait été un processus, et l'homme en face d'elle avait fait partie de cette évolution. Il avait toujours été prêt à l'aider, guettant toujours aux alentours pendant qu'elle apprenait.

Peut-être qu'il était temps de l'encourager à s'approcher du centre.

Sonora inspira profondément.

— Qu'est-ce que tu penserais si nous devenions... plus proches ?

Il se figea.

— Pourquoi est-ce que tu n'es pas directe pour la première fois de ta vie ? Qu'est-ce que *plus proches* signifie ?

C'était terrifiant d'être aussi directe.

— Je n'en suis pas sûre, admit-elle. Nous sommes amis. Je le sais. Et je tiens profondément à toi.

— Je tiens aussi à toi, répondit Ashton immédiatement.

— Pourtant tu m'as embrassée, dit Sonora en haussant un sourcil. Tu ne m'embrasses jamais. Sauf sur la joue quand c'est une fête.

Il hocha lentement la tête.

— Est-ce que je peux *te* demander quelque chose ?

Elle eut un petit rire.

— Écoute-nous. Bien sûr que oui. Laissons tomber ces

attitudes compassées et embarrassées et ayons une conversation typique à la Sonora-Ashton.

— Bien. Tu m'as rendu mon baiser, dit Ashton avec un grand sourire. Avec enthousiasme.

— C'était divertissant, commença-t-elle avant de secouer la tête. Non. Pas de plaisanterie maintenant. Juste la vérité. Je t'ai rendu ton baiser. Ça m'a plu, et j'étais prête à faire beaucoup plus que t'embrasser.

Il fronça les sourcils.

— *Étais* ? Tu ne l'es plus ?

Elle leva une main.

— C'est de la sémantique, c'est tout. Je m'intéresse à des choses qui ne m'intéressaient pas avant, mais je ne sais pas si une de ces idées *nous* correspond, correspond à ce que nous sommes devenus au cours des années. Je ne suis pas prête à briser une belle amitié à cause sous prétexte que tu es la star de mes rêveries torrides depuis bien trop longtemps maintenant.

Ashton en resta bouche bée.

C'était agréable d'enfin céder à son rire.

— C'est assez clair ?

Il hocha la tête, les yeux brillants.

— Dieu soit loué de l'existence de femmes franches, dit-il en écartant les tasses et en lui attrapant les doigts. Pour répondre à ta question précédente : est-ce que j'aimerais me rapprocher ? Nous sommes déjà amis. Je tiens à toi et je veux le mieux pour toi. J'aimerais aussi t'avoir sous moi, criant mon nom parce que tu jouirais tellement fort sur ma queue que tu verrais des étoiles.

Oh. *Oh*.

Sonora hocha lentement la tête.

— Et c'est direct de ta part.

— Nous sommes doués pour être directs.

Ashton lui caressa les phalanges doucement du pouce.

— Est-ce que tu veux que nous commencions à sortir ensemble ? Est-ce que l'idée c'est d'aller dîner, voir des films et tout le reste ?

Sortir ensemble à soixante ans ? Elle secoua lentement la tête.

— Ça m'a l'air de demander beaucoup d'efforts alors que nous pourrions simplement passer au sexe brûlant qui fait hurler.

Ashton marqua une pause.

— Je ne veux pas que tu aies l'impression d'être utilisée.

— Personne n'est *utilisé* quand deux amis décident de partager quelque chose d'agréable, répondit Sonora en haussant les épaules. J'ai mon opinion sur le sexe.

— J'ai remarqué, dit Ashton.

Mais il lui lança un clin d'œil.

— Il ne requiert pas le mariage, ajouta-t-il.

Elle se mit à rire.

— Tu étais si mignon cette nuit-là. Mais à l'évidence ce que j'ai dit est rentré.

Il hocha la tête.

— Oui. Et tu as raison, c'est bien que nous établissions clairement les règles de cette nouvelle relation potentielle entre nous. Redis-moi comment ça marche dans ta tête.

Sonora marqua une pause pour s'assurer que sa manière de dire ce qu'elle pensait sonne juste.

— Le mariage c'est pour l'amour. Quand les gens se sentent engagés au niveau du cœur, c'est le moment de réserver l'église et de dire *je le veux*.

Ashton s'immobilisa.

— Je tiens à toi, Sonora, mais je ne suis pas du genre à me marier. Je ne... t'aime pas... comme ça.

— Ce qui me convient, lui assura-t-elle. Je tiens aussi à toi, profondément. Mais je ne cherche pas à porter une alliance et à aller à l'église. Le sexe m'intéresse, ce qui est très important, mais d'une manière différente.

— Continue.

Cette partie-là, elle l'avait envisagée souvent au cours des dernières semaines.

— Le sexe est quand même un engagement. C'est être attentionné à un niveau physique et partager la joie qui se transforme en plaisir pour tous les participants engagés.

— *Tous* les participants ? répéta Ashton en fronçant les sourcils.

Elle écarta son commentaire d'une main.

— Seulement deux personnes dans le lit en ce qui me concerne, mais j'essaie d'être inclusive dans mes paroles ces temps-ci. J'ai des petites-filles, et j'ignore complètement avec qui elles s'engageront à l'avenir.

Il secoua la tête.

— En s'en tenant à l'instant présent, est-ce que tu dis que tu veux ajouter du sexe à notre relation ?

— Du sexe engagé. Du sexe seulement entre toi et moi. Pas de rendez-vous, pas de changement dans notre relation en dehors de ça. Et aussi, je ne pense pas que qui que ce soit d'autre a besoin de savoir que quelque chose a changé. Nous avons toujours passé du temps ensemble. Nous avons toujours profité de l'occasionnelle sortie, mais en tant qu'amis. Nous nous en tiendrons à ça.

— D'accord.

Sonora lança un coup d'œil autour d'elle, dans son foyer, l'endroit qu'elle avait mis tellement d'effort à rendre sien, et elle n'était pas prête à céder ce contrôle. De plus, elle ne pensait pas qu'Ashton voulait d'elle dans sa vie quotidienne autrement que comme amie. Pas vraiment.

Il se racla la gorge.

— Que se passera-t-il si les choses changent ?

— Qu'est-ce que tu veux dire ?

— Et si tu en as assez de moi ? demanda-t-il avec un grand sourire. Je prévois de faire de mon mieux pour que ça n'arrive pas, mais est-ce que s'amuser ensemble aura une date d'expiration ?

— Ça dépend, pas si tu es doué, le taquina-t-elle avant de choisir l'honnêteté. Je ne sais pas, Ashton. Nous devons prendre les choses comme elles viennent.

L'amusement la gagna.

— Nous sommes amis depuis seize ans, continua-t-elle. Peut-être que nous serons amants pendant tout aussi longtemps.

— Peut-être.

Les yeux d'Ashton étincelèrent, la peau de Sonora s'échauffa alors que son regard la caressait.

— Que dirais-tu de commencer les seize prochaines années dès maintenant ?

Inattendu. Peu importe qu'ils se connaissent depuis des années, Sonora réussissait encore à le déconcerter et à lui faire perdre sa concentration.

Comme maintenant. Pas cette conversation ni le tour incroyable qu'elle avait pris, mais le fait qu'elle se leva immédiatement et lui tendit la main.

Le sourire qu'elle lança à Ashton était assez brûlant pour que ses genoux faiblissent.

Ashton lui prit la main et la suivit, surpris qu'elle s'arrête près du canapé et l'entraîne avec elle.

Un autre tour inattendu.

— Pas de chambre aujourd'hui ?

— Oh, je ne dis pas ça du tout, répondit Sonora en haussant

les sourcils. Je voulais simplement commencer ici. J'ai eu beaucoup de rêveries torrides qui commençaient sur ce canapé. Ce sera amusant d'avoir quelques souvenirs réels pour les accompagner.

Partant. Il était complètement partant.

Ashton changea de position jusqu'à ce que son bras repose sur le dossier, frôlant à peine les épaules de Sonora, sa cuisse pressée contre la sienne, et avec la chaleur de sa poitrine l'enveloppant. L'odeur de son shampoing, le son de sa respiration… elle emplissait ses sens de toute part.

— Ça m'intéresse beaucoup de commencer.

— Est-ce que tu as la journée libre ? demanda Sonora.

Il entendit à peine la question. Elle avait posé la main sur son torse et ses doigts le caressaient en dessinant de légers cercles doux.

— Non. Service de nuit.

— C'est suffisant. Inutile de se presser, alors.

Le regard de Sonora suivit ses doigts alors qu'elle défaisait le bouton du haut de sa chemise.

— Les volontaires du refuge seront là entre 15 et 17 heures, ajouta-t-elle.

— Il n'est que 10 heures, avança-t-il, étonné de pouvoir encore articuler.

Sonora s'était penchée et avait posé les lèvres contre son cou. Une chaleur moite, des caresses douces, elle qui était dans ses bras.

— Tu me tues, ma chère.

— Chut. Je veux faire ça depuis une éternité.

Vraiment ?

Ashton ferma les yeux et serra les poings pour s'empêcher de prendre le relais. Un plaisir mutuel, avait-elle dit. Elle avait eu envie de ça ? Il laisserait ce tourment continuer aussi longtemps qu'il pourrait le supporter.

Sonora gémit, un son grave de désir, et l'instant d'après, elle l'enfourchait. Le poids de ses fesses qui s'installaient sur ses cuisses déclencha toutes sortes d'alarmes, qui disaient : *Plus vite, plus fort, encore.*

Et quand elle lui mordilla l'oreille, il bougea.

Les mains posées sur ses hanches, il la souleva suffisamment pour rompre le contact entre ses lèvres et son cou. Le changement de position libéra sa bouche et il ne se retint plus, l'entraînant dans un baiser qui montrait clairement que lui aussi pensait à faire *ça* depuis très longtemps.

Sonora enfonça les doigts dans ses cheveux, et la légère brûlure alors qu'elle l'empoignait et tirait faisait qu'il se sentait vivant et déchaîné, excité et audacieux alors qu'il lui attrapait l'arrière de la tête à pleine main et l'attirait à lui. Il approfondit leur baiser, en demanda plus.

Quand elle recula enfin au lieu de l'entraîner plus loin, ils cherchaient tous deux leur souffle.

Ils se regardèrent fixement pendant un instant, puis elle sourit.

— J'ai hâte d'apprendre à connaître ce côté de toi.

— Tu dis ça maintenant, la prévint-il. Mais tu n'aimes pas quand je suis autoritaire. Et j'ai bien peur que ce soit ce côté-là qui ressorte.

— Dans la chambre ? le taquina-t-elle.

— Dans la chambre, sur la table, sur le fichu canapé.

Il continuerait à lui dire où il prévoyait de la prendre pendant des jours si cette lueur éblouie dans ses yeux s'intensifiait encore.

— Peux-tu gérer ça ? demanda-t-il.

— Je peux très bien te gérer, Ashton Stewart. Je le fais depuis...

Il reprit sa bouche, riant une simple seconde jusqu'à ce que son goût le submerge et ne laisse l'amusement loin derrière lui.

Apprécier ce baiser était la première chose sur son emploi du temps, et Ashton consacra un bon moment à cette tâche. Il l'avait embrassée *ce jour-là*, il y avait très longtemps. Mais ce souvenir était mêlé de tristesse, de douleur et de réconfort. Même si cela avait été sexy et brûlant, c'était un trésor sans prix qui n'avait rien à voir avec l'urgence physique qui les poussaient à aller plus loin.

Une célébration de la vie, avait-elle appelé ça. Aujourd'hui encore, il se souvenait de ses mots. Mais maintenant ? C'était une célébration pour les vivants, des instants franchement délectables de pur plaisir sexuel à vivre.

Ou en tout cas, c'était la direction que cela prenait.

Sonora avait défait ses boutons par magie, et alors qu'elle écartait le tissu, elle grogna de mécontentement contre sa bouche.

— Tu portes un maillot de corps, râla-t-elle.

Il sourit alors qu'elle dégageait la chemise de ses épaules et commençait à tirer sur le tissu au niveau de la taille.

— Presque toujours. Nous vivons en Alberta, et je travaille au milieu du foin et de la paille. Il y a beaucoup de raisons de porter une protection supplémentaire.

Sonora fronça les sourcils et recula.

— Enlève ça.

— Tu es plutôt autoritaire, là, chérie.

Il tendit la main par-dessus sa tête, tira sur le maillot et le retira d'un seul geste.

— À ton tour, dit-il.

Sonora ôta son pull à manches longues, la première épaisseur. La petite chemise fine en dessous suivait si joliment ses courbes qu'Ashton fut forcé de marquer une pause et d'inspirer profondément. Il lui attrapa les poignets avant qu'elle ne puisse l'enlever.

— Je veux te croquer en une seule bouchée. Je veux

tellement te déshabiller et t'avoir sous moi que je n'arrive pas à réfléchir. Alors je ne sais pas pourquoi je t'arrête, mais *bon sang*... Laisse-moi d'abord te toucher comme ça.

Était-ce pour faire monter l'excitation ? Pour créer des souvenirs en plus des moments innocents d'admiration des années passées ?

Tout ce qu'il savait avec certitude, c'était qu'elle se cambra légèrement, les seins pressés contre le coton doux de sa petite chemise, et son sourire l'ensorcela.

— Touche-moi, alors. Mais tu es prévenu : j'ai le droit de te rendre la pareille.

Ashton posa les paumes sur sa taille, lui caressant le corps avec une attention contrôlée qui disait qu'il n'irait nulle part mais qu'il n'était pas sur le point de la ravager.

À la place, il savourait. Une petite bouchée pour taquiner ce qui amorçait ensuite. Le coton sous ses mains avait la chaleur du corps de Sonora. Lorsqu'il lui glissa une main derrière le dos, elle s'arc-bouta plus contre lui et eut un murmure d'approbation.

Le mouvement souleva ses seins vers lui comme un présent. Ashton sourit, acceptant ce cadeau, et ramena sa main, emplissant sa paume d'une douce rondeur.

L'extrémité de son mamelon taquinait la peau d'Ashton tandis qu'il se penchait et reprenait ses lèvres, plus lentement cette fois. Il lui mordilla lentement la lèvre inférieure, respirant le même air qu'elle pendant qu'il passait son pouce d'avant en arrière sur son sein jusqu'à ce qu'il n'y tienne plus.

Sonora promenait ses mains sur son torse, le grattant légèrement de ses ongles.

— Laisse-moi enlever mon haut, suggéra-t-elle.

— Inutile.

Ashton glissa une main sous le tissu et renouvela sa prise, la couche fine de son soutien-gorge étant maintenant tout ce qui se trouvait entre eux.

— J'ai l'impression d'être une enfant.

Sonora laissa traîner ses doigts sur le cou d'Ashton, puis suivit lentement ses lèvres d'un doigt, le regard fixe alors qu'elle jouait.

— Comme si je faisais quelque chose qui allait m'attirer des problèmes.

— Personne n'est sur le point de nous surprendre, lui assura Ashton. Mais si c'était le cas, nous sommes des adultes consentants. Tu n'as pas de problèmes.

Ou pas encore, en tout cas.

— Est-ce que tu veux utiliser des préservatifs ? demanda-t-il. Et si oui, en as-tu ?

Elle se mit à rire.

— Est-ce que ça veut dire que tu n'en as pas en permanence ?

— Habituellement si, pour être honnête. Surtout pour en donner aux ouvriers qui, à mon avis, prévoient quelque chose d'imprudent.

L'amusement de Sonora grandit.

— Habituellement, j'en ai pour pouvoir les donner aux filles ou à leurs amis qui envisagent la même chose.

Habituellement. Ce qui voulait dire qu'il devrait être créatif cette fois.

— La prochaine fois, je serai prêt.

— Bonne idée.

Elle posa les mains sur ses joues et l'embrassa de nouveau. Un doux geste affamé qui lui donna envie de jeter la *lenteur* par la fenêtre.

Le téléphone de Sonora sonna. Ils s'immobilisèrent tous les deux.

— Ignore-le, suggéra Ashton.

Mais elle avait déjà quitté ses genoux, allant vers son sac à main avant d'appuyer sur quelques touches de son téléphone.

— Bonjour, Sophie.

Sonora plissa le nez en lançant un coup d'œil à Ashton.

— Désolée, j'aurais dû t'appeler pour te dire que j'avais changé de projets. Avec la météo qui est devenue mauvaise, Ashton m'a ramenée à la maison.

La réponse de Sophie résonna bruyamment par le haut-parleur.

— Je suis contente que tu sois en sécurité. Malachi est en route.

Bon sang.

Sonora fronça les sourcils en regardant son téléphone.

— Pour quoi faire ?

— À cause de la tempête, maman. Il te ramène ici. Si ça devient aussi grave que ce qu'ils disent, je ne veux pas que tu sois là-bas toute seule. Tu risques de ne plus avoir d'électricité ni de chauffage.

— J'ai une cheminée à bois et des bougies, répondit Sonora d'une voix traînante. Peut-être que Malachi, Fern et toi devriez venir affronter la tempête chez moi.

— J'aurais dû penser à ça plus tôt. En tout cas, Malachi sera là dans dix minutes. Apporte la recette de tes brownies au chocolat. Fern en demandait.

Sophie raccrocha.

Sonora se tourna vers Ashton avec un air résigné.

— Ça part d'une bonne intention.

— Ce n'est pas un problème. Je comprends.

Il se leva et s'approcha d'elle.

— Sophie a raison. Il vaut mieux que je sois moi aussi au ranch, juste au cas où. Nous commencerons notre nouvelle aventure quand ce sera le bon moment.

— Ça nous donnera à tous les deux le temps d'acheter des préservatifs, le taquina Sonora.

Ashton l'attira contre lui et l'embrassa encore une fois. Parce qu'il le pouvait. Parce qu'il en avait envie.

— Reste à l'abri. Je te parle bientôt.

Il quitta la maison de Sonora avant que son gendre n'arrive, mais le secret du changement entre eux était tel un charbon ardent caché dans son torse.

8

Une bonne chose ressortit de la nuit passée chez sa fille. Sonora regarda avec grande satisfaction la douzaine de paniers de biscuits fraîchement préparés qui remplissaient actuellement le coffre de la voiture de Sophie.

— Au moins, notre moment passé à attendre la fin de *la tempête de la décennie* n'a pas été gâché, la taquina Sonora.

Sophie lui tira la langue.

— Il y a quand même eu plus de soixante centimètres de neige en une nuit. Je suis contente que ça n'ait pas été aussi terrible qu'ils l'avaient annoncé. C'était bien assez grave qu'il y ait eu un gros accident sur la nationale.

— Eh bien, un des paniers peut être apporté à la caserne des pompiers, proposa Sonora. Je suis sûre que l'équipe qui a été appelée pendant la tempête appréciera.

Ce n'était pas le repos rempli de sexe que Sonora avait espéré, mais elle pouvait difficilement se plaindre du plaisir trouvé à la soirée passée en famille. Préparer des gâteaux avec sa plus jeune petite-fille leur avait donné à Fern et elle le temps de prendre des nouvelles.

La famille était toujours passée avant, et passerait toujours en premier pour Sonora.

Maintenant, alors qu'elles se préparaient à livrer les gâteaux partout dans la ville, Sonora appréciait les pneus neige et les quatre roues motrices du véhicule de Sophie, surtout après avoir monté certaines des allées les plus raides de la communauté.

La météo difficile les avait tous trompés en étant intense mais brève, et même s'il y avait d'énormes tas de neige partout, le soleil brillait avec une ardeur presque violente. La température planait juste au-dessus de zéro au lieu du froid glacial qu'ils avaient eu quelques jours plus tôt.

Sophie lui lança un coup d'œil alors qu'elles approchaient du ranch de Lone Pine.

— Ce doit être étrange de venir ici et que Connie ne soit pas là pour t'accueillir.

— Ce n'est jamais facile de perdre une amie, acquiesça Sonora.

Connie avait été une des joies particulières de l'emménagement à Heart Falls. Elle était décédée d'un cancer trois Noëls plus tôt, et la douleur était encore là.

— Je suis contente que Patrick ait de la famille qui vit avec lui maintenant. Sinon il aurait été très solitaire ici sans Brad, Hanna et Crissy.

— Solitaire un peu comme chez toi ? demanda Sophie doucement.

Peut-être, mais Sonora n'était pas encore prête à abandonner sa liberté.

— C'est parfois solitaire, mais solitaire d'une manière que j'aime. Est-ce que j'apprécierais d'avoir quelqu'un là-bas ? Parfois. Mais j'ai encore l'impression d'apprendre comment m'améliorer, et c'est plus facile quand je n'écoute pas les voix des autres.

Sauf, bien sûr, la voix de son mari alors que lui, ou elle, ou quelle que soit la manière dont il faille nommer sa psyché, la narguait avec des vérités indéniables.

Fichu fantôme.

— Du moment que tu en es toujours sûre.

Sophie s'arrêta devant la maison et posa la main sur le bras de Sonora.

— Tu n'as pas besoin de connaître exactement les prochaines étapes pour dire que tu es prête pour un changement. Je te promets que nous ne viendrons pas te chercher pour te déménager à la seconde où tu diras quelque chose. Si ça t'inquiète.

— C'est un peu effrayant, à quel point tu es intelligente, dit Sonora.

Sophie lui lança un clin d'œil.

— J'ai appris de la meilleure.

La porte d'entrée s'ouvrit avant même qu'elles n'appuient sur la sonnette. Hanna Ford se tenait là avec un sourire accueillant, leur faisant signe d'entrer.

— Entrez avant que nous ne perdions toute la chaleur.

Crissy s'approcha de la porte en courant. La jeune fille de onze ans affichait un grand sourire.

— Papy est dans le salon. Vous voulez le voir ?

— Papy est juste ici, espèce de coquine.

Patrick s'appuya sur sa canne et agita les doigts d'une main en signe de salutation.

— Ce n'est pas parce que tu peux courir plus vite que moi que ça veut dire que je ne peux pas aller là où je veux, ajouta-t-il.

— Si elles viennent te voir dans le salon, je pourrai vous apporter du thé et des biscuits, proposa Crissy.

— Ce qui veut dire qu'elle peut mettre la main à nouveau dans la boîte à biscuits et sans aucun doute profiter d'une autre poignée pour elle-même, dit Hanna discrètement alors qu'elle penchait la tête d'un air conspirateur vers Sonora.

— Nous prendrions un thé avec plaisir, dit sérieusement Sophie à Crissy. Et nous avons apporté quelques douceurs. Peut-être que tu pourrais les mettre dans le salon pour que ton papy puisse se servir en premier ?

Patrick frappa ses mains l'une contre l'autre.

— Des pâtisseries de Noël. Une des choses que je préfère.

Sophie enleva son manteau puis escorta Patrick jusqu'au salon. Crissy fila vers la cuisine, mais Hanna resta en arrière pour aider Sonora à accrocher ses affaires.

Ou en tout cas, cela semblait être l'excuse qu'elle donna.

Sonora regarda la jeune femme avec attention. Il y avait une lueur en elle, et lorsque Hanna lissa son pull de Noël rouge vif sur son ventre, un doux sourire aux lèvres, les soupçons de Sonora augmentèrent.

Hanna leva les yeux puis rougit.

— Oups ?

— Je ne te poserai pas de questions, l'informa Sonora. Si tu as quelque chose à me dire, tu dois me le dire franchement.

Hanna lança un coup d'œil derrière elles puis se rapprocha.

— Crissy ne le sait pas encore, mais oui, j'attends un enfant pour juin.

Sonora étreignit étroitement la jeune femme. Les prochaines étapes étaient toujours importantes même si elles étaient très ordinaires.

— Connie serait ravie de la famille que tu construis ici avec Brad.

Les yeux de Hanna étaient brillants lorsqu'elle recula.

— Brad est ravi, ainsi que Patrick.

— À juste titre, dit Sonora en posant un doigt sur ses lèvres. Maintenant allons voir si Crissy a laissé des gâteaux à Patrick.

Hanna passa un bras autour de Sonora et la mena dans le salon, les rires dansant autour d'elles.

Une heure plus tard, Sonora et Patrick terminaient leur partie de *crib*[i] pendant que Hanna et Crissy emmenaient Sophie à l'écurie pour un rapide câlin avec les chatons.

— Tu vas faire des bêtises, annonça Patrick de l'autre côté du plateau de jeu.

Sonora cilla et regarda ses cartes.

— Je ne triche pas.

Patrick croisa les bras sur son torse et secoua la tête.

— Je ne parle pas des cartes, répondit-il en se penchant vers elle, plissant les yeux. Ton expression. Je l'ai déjà vue. Ça veut dire que tu manigances quelque chose.

— Vraiment ?

Sonora insuffla autant de surprise et d'incrédulité dans sa voix que possible.

Il la regarda, l'amusement incurvant ses lèvres.

— Tu affichais cette même expression quand Connie et toi organisiez les premières enchères de célibataires.

Sonora lui sourit gentiment.

— Et c'est devenu une levée de fonds très réussie.

— Et une autre fois, tu as curieusement impliqué Connie dans un pari qui s'est terminé par le café du coin qui porte son nom, dit Patrick en secouant la tête. D'accord, ça c'était amusant. J'ai entendu dire que Stephanie et Jason doivent tout le temps expliquer que Connie était une vraie personne, mais qu'elle n'est pas un membre de leur famille ni l'ancienne propriétaire.

— Juste quelqu'un très doué au jeu de culture générale, rappela Sonora à Patrick. C'était la faute de Stefanie, en fait. Tous les autres en ville savaient qu'il ne valait mieux pas affronter Connie au Trivial Pursuit.

Patrick ramassa ses cartes et les rangea. Il en glissa une sur le côté opposé puis la ramena, tuant le temps.

— Je dis simplement que je te connais depuis très longtemps, Sonora. Je ne veux que le meilleur pour toi, ce qui signifie que si tu te prépares à faire des bêtises, j'espère qu'elles seront très bonnes. Souviens-toi, si tu as besoin de quoi que ce soit, je ne suis peut-être pas Connie, mais je suis toujours ton ami.

Sonora posa une main sur la sienne.

— Je sais. Et je t'en suis reconnaissante. Quelles que soient les bêtises que je prépare, je te promets que je serai prudente et que je m'amuserai en même temps.

Puis elle espéra vraiment qu'Ashton ne passerait pas prochainement parce que Patrick était suffisamment bon ami avec *eux deux* pour pouvoir additionner deux et deux et se douter de leurs frasques.

Comme ses petites-filles s'étaient mises à appeler les bêtises.

Sonora étreignit Patrick quand il fut l'heure de partir, accepta une étreinte et un baiser de Crissy, et embrassa Hanna une dernière fois.

Sophie poussa un soupir joyeux alors qu'elles descendaient l'étroite route pour retourner à Heart Falls.

— Je suis si heureuse pour eux ! Ils ont traversé des moments difficiles au cours des années passées, mais ils en sont sortis tous ensemble grandis.

— Tout comme notre famille, avança Sonora en souriant à sa fille. Ivy et Walker sont un bonheur à voir. Rose et Tansy s'épanouissent dans ce qu'elles font. Je sais que le succès de leur magasin a été rendu possible par vos conseils à Malachi et toi.

— Tu as proposé de leur donner de l'argent pour les aider à ouvrir leur magasin, à la base, répondit Sophie doucement.

Dans une famille, on prend soin les uns des autres, selon les besoins de chacun.

— De quoi a besoin Fern ? demanda Sonora, sincèrement intéressée.

La soirée qu'elles avaient passée à cuisiner ensemble avait été agréable, mais Fern ne dévoilait pas ses secrets facilement. Ce que sa plus jeune petite-fille avait à l'esprit était resté soigneusement caché.

— Elle semble joyeusement impliquée dans beaucoup de choses, mais je pense qu'elle continue à chercher.

— Je pense qu'elle se sent bien pour l'instant, mais tu as raison. Nous continuerons à l'observer, dit Sophie en tournant vers la caserne des pompiers. Encore une livraison, puis je te ramène chez toi.

La maison de Sonora était froide quand elle entra, mais il ne fallut pas grand-chose pour faire rapidement un bon feu de cheminée. Elle se prépara une tasse de thé avec entrain et s'assit sur le canapé pour considérer ses options.

Ils s'étaient peut-être mis d'accord sur le changement dans leur relation qui élargirait le cadre de ce qu'ils partageaient déjà, mais avant tout, Ashton et elle étaient amis. Simplement le contacter pour un plan cul, ce n'était pas comme ça qu'elle prévoyait de faire.

Ils l'avaient dit la veille. Seize ans d'amitié. À quoi ressembleraient seize ans à être amants ? Et comment combineraient-ils les deux ?

Elle réfléchit à ce qu'elle savait de la routine d'Ashton avant de sortir son téléphone et de lui envoyer un texto.

> Sonora : Je présume que tu dors en ce moment après ton service de nuit. Viens dîner demain soir si ça te convient. Tu peux apporter le dessert.

Elle était sur le point de ranger son téléphone quand elle se rendit compte de son erreur. Envoyer un texto à Ashton avait peu de chances de réussir. La probabilité qu'il ouvre ses messages était mince.

Elle n'allait pas lui laisser aussi un message audio ni lui envoyer un e-mail, parce qu'un message qui lui demandait de venir dîner, avec son *envoyons-nous en l'air ensuite* sous-entendu suffisait. Deux contacts lui paraissaient désespérés, et trois seraient plus que pathétique. Autant de tentatives de le joindre donneraient l'impression qu'elle prévoyait d'être collante et exigeante, et ce n'était pas l'idée qui avait motivé ce changement de situation.

Sonora soupira. Cela aurait été agréable s'ils avaient pu profiter d'une heure de plus sans interruption la veille.

Quand Ashton ne lui envoya ni texto ni message et ne l'appela pas plus le lundi matin que le dimanche, elle secoua simplement la tête, amusée, et l'accepta sans sourciller.

Mais en fin d'après-midi ce lundi-là, elle voulait vraiment savoir quand ils pourraient se voir.

Elle était sur le point de l'appeler quand une bourrasque faillit arracher son toit. Sonora se précipita à la fenêtre et regarda la neige qui commençait à tomber si abondamment qu'elle ne voyait plus son allée.

Au temps pour avoir échappé à la vilaine météo prévue. La tempête de la décennie était enfin arrivée.

— Le chauffage est mort au réfectoire, dit Luke Stone en fermant la porte derrière lui.

Il épousseta la neige de ses épaules en s'approchant d'Ashton qui organisait une réunion d'urgence avec les ouvriers.

— Tu l'as fait fonctionner la dernière fois que c'est arrivé, dit Caleb en penchant la tête vers Ashton. Tu penses que tu peux le refaire ? Parce que la probabilité de faire venir un électricien maintenant est inexistante.

— Envoie quelqu'un avec moi pour que j'aie deux mains supplémentaires, et j'essaierai, répondit Ashton en faisant un geste vers les hommes rassemblés à sa droite. Il y a encore des animaux dans le champ au nord. Nous devons les mettre à l'abri du vent. Restez avec votre partenaire, et déplacez les animaux vers le ravin si vous le pouvez. Ils seront plus enclins à s'éloigner du vent qu'à aller dans sa direction, leur rappela-t-il.

Ce n'était pas comme ça qu'Ashton avait prévu sa journée. Il avait établi une liste de toutes les tâches qu'il devait remplir et avait ajouté quelques trucs pour des amis, mais retrouver Sonora avait été le but ultime.

Il avait passé une partie de la matinée à chercher des informations sur l'étoile dont Brooke avait parlé. Le ciel était d'un bleu vif superbe quand il avait enfin retrouvé Mack pour lui dire où aller voir.

Bon sang. Il espérait que Mack n'avait pas fait quelque chose d'idiot comme aller la chercher. Ashton sortit son téléphone pour envoyer un message d'avertissement et découvrit l'invitation à dîner vieille de plusieurs jours de Sonora.

Encore une chose qu'Ashton ne pourrait pas faire avant que la météo ne se calme.

Caleb rejoignit les ouvriers et s'assura qu'ils avaient l'équipement nécessaire pour rester en sécurité.

Luke accompagna Ashton pendant qu'ils passaient par les écuries et se dirigeaient vers le réfectoire.

— Et dire que je croyais que nous avions réussi à éviter la tempête.

— Je te réprimanderais bien pour avoir vendu la peau de

l'ours avant de l'avoir tué, mais j'avais espéré la même chose, admit Ashton.

Il aimait son travail, il aimait travailler à Silver Stone. Mais il avait espéré qu'à ce moment-là il serait en route pour aller chez Sonora.

À la place, Luke et lui travaillèrent pendant une heure avant de réussir à trouver le circuit d'alimentation qui avait lâché. Une fois que l'électricité fut revenue dans le réfectoire, une autre tâche qui devait absolument être effectuée leur fit signe. Puis une autre.

Mais Luke resta avec lui, et Ashton apprécia sa compagnie. Marquant une pause pour tailler une bavette, ils se dirigèrent vers la cafetière pour se remplir des mugs de café noir et fumant.

Ashton regarda le jeune homme.

— Dis-moi ce que Kelli et toi avez prévu pour le Nouvel An.

— Pas grand-chose qui sorte de l'ordinaire, admit Luke, mais il lui lança un sourire. Rien qu'être ensemble, c'est encore tellement excitant que je dois admettre que l'*ordinaire* ne donne jamais cette sensation.

— Vous êtes faits pour être ensemble, dit Ashton simplement.

— Maintenant tu ne veux plus m'arracher les oreilles ? le taquina Luke.

Ashton haussa un sourcil.

— Ce n'était pas tes oreilles qui étaient en danger.

Luke se mit à rire, mais grimaça un peu.

— C'est noté.

Kelli James, désormais Kelli Stone, avait été la seule femme ouvrière à Silver Stone pendant de nombreuses années, et Ashton avait ressenti bien plus que le besoin de veiller sur elle.

Que Luke et elle accrochent pendant l'année passée avait été une bonne chose.

Maudit soit son frère pour assener constamment qu'Ashton n'avait pas d'enfant. Il avait tant de personnes qu'il aidait à faire grandir que c'était scandaleux.

Le lundi soir fut englouti par une vague de corvées et la gestion de la tempête. Ashton eut à peine le temps de respirer, mais il trouva enfin un instant pour répondre à l'invitation de Sonora.

Ashton : Désolé. J'ai vu ton message trop tard, et comme tu peux le constater, les dieux de la météo sont actuellement contre nous. On remet ça à une autre fois ?

On était mardi matin quand il eut à nouveau l'occasion de regarder ce qu'elle lui avait répondu.

Sonora : La technologie est inutile avec toi. Vraiment.

Sonora : Bien sûr, on remet ça à plus tard. J'espère que tout va bien à Silver Stone. Je suis piégée dans la maison, mais j'ai plein de bois et pas de problèmes avec l'électricité. Les animaux du refuge vont tous bien. Je n'en ai pas beaucoup en ce moment, de toute façon.

Sonora : Nous nous inquiéterons de nous voir après les fêtes. Joyeux Noël, Ashton.

C'était tout. L'étendue de son inquiétude.

C'était... étrange, et pourtant normal. Ils n'avaient jamais été collés l'un à l'autre avant, et même s'il voulait foncer dans la prochaine étape avec elle...

Il n'y avait pas d'urgence.

Ou en tout cas, c'était ce qu'il essayait de se dire lorsqu'il se réveilla le jour de Noël avec une érection et des rêves torrides qui lui traversaient encore l'esprit.

Les traditions étaient des choses merveilleuses, pourtant à cet instant, Ashton aurait aimé pouvoir jeter toute la saison des fêtes à la poubelle.

Habituellement, venir dans la maison principale du ranch des Stone était comme apprécier une étreinte chaleureuse. Depuis que leurs parents étaient décédés, Caleb et ses frères et sœurs avaient fait de leur mieux pour créer de nouveaux souvenirs. Il y avait eu quelques années où peiner pour tout faire avait un peu provoqué la panique, jusqu'à ce qu'Ashton suggère qu'ils n'essaient pas de faire les choses à l'avance.

Ce qui voulait dire que le réveillon de Noël, une fois que les plus jeunes étaient couchés, était le moment où le sapin apparaissait comme par magie. Durant les premières années, il n'y avait eu que Dustin qui se réveillait avec la surprise des cadeaux, des guirlandes et de la cannelle dans l'air. Les premières années après la mort de ses amis, Ashton était là la veille pour aider à couper le sapin, puis revenait au petit matin.

Une partie des traditions avait changé. Maintenant que Caleb et Tamara étaient bien installés dans la maison et que les autres garçons étaient mariés et vivaient à proximité, la tâche d'Ashton s'était réduite à venir au déjeuner de Noël à midi et à apporter son violon pour jouer ensuite.

Ce qu'il voulait faire, c'était aller chez Sonora, mais avec la neige des dernières quarante-huit heures qui s'arrêtait enfin, il lui était tout simplement impossible de filer. De plus, elle serait avec la famille Fields. Sonora, ses petites-filles célibataires, Ivy et Walker s'étaient rassemblés avec Sophie et Malachi ce matin-là, et c'était normal.

Elle avait sa place là-bas. Il avait sa place ici.

Ashton profita du repas et des rires. Il joua une série de chansons pendant que les enfants dansaient et que le bonheur emplissait la maison. Walker arriva avec Ivy, la guidant bientôt dans un coin calme de la pièce pour prendre part au rassemblement à sa manière, et la famille sembla se resserrer encore davantage devant les yeux d'Ashton.

Une pensée le saisit brusquement. *Ce que mon frère, Steve, a avec Lynn n'est en rien comparable à ce que les Stone ont créé.*

Ashton resta assis silencieusement pendant un moment, se demandant pourquoi cette vérité avait surgi de nulle part. C'était vrai… absolument.

Ce n'était pas le mariage qui était une chose terrible. Caleb et Tamara, et Walter et Deb avant eux, le prouvaient. Le premier mariage de Caleb avait échoué, c'était vrai aussi, mais les solides fondations que ses amis avaient posées servaient de base à quelque chose de merveilleux. Walker et Ivy. Luke et Kelli.

— Tu sembles distrait, dit Caleb en posant une main sur l'épaule d'Ashton. Tu t'inquiètes des retombées de la tempête ?

Ashton lui lança un coup d'œil, son cerveau luttant pour retrouver le fil. Cette excuse valait aussi bien qu'une autre, mais d'un autre côté, il ne voulait pas que Caleb pense le pire.

— Tout le monde a fait ce qui devait être fait. J'ai beaucoup de choses à l'esprit.

Caleb lui serra gentiment l'épaule puis s'assit près de lui.

— Les changements se produisent lentement, semble-t-il. La météo, les animaux.

Il lança un coup d'œil autour de lui, vers ses frères avec leurs épouses et ses enfants qui s'ébattaient joyeusement avec leurs oncles et leurs tantes.

— Beaucoup de bons changements, ajouta-t-il.

— Je suis d'accord.

Caleb ne le regarda pas, mais ses paroles suivantes furent sans équivoque.

— Tu dois effectuer les changements dont tu as besoin

aussi. Tu es une partie solide comme le roc de cette famille, mais ça ne veut pas dire que tu doives être un rocher.

Ashton marqua une pause. Les mots suffirent à lui faire prendre du recul et à regarder l'homme devant lui. Il regarda vraiment Caleb et vit quelqu'un de nouveau.

Caleb n'était plus le jeune homme qu'il avait été toutes ces années auparavant, submergé alors que le poids des responsabilités s'abattait sur lui à cause du moment et des circonstances.

Il était plus âgé bien sûr, mais c'était sa résolution et son estime de soi qui rendaient Caleb inébranlable dans le bon sens du terme. Il avait une épouse qui le soutenait et le guidait quand il risquait de s'égarer. Il avait des enfants pour lui donner un but à atteindre et une famille suffisamment forte pour lui donner de l'élan.

Caleb n'avait plus besoin d'Ashton de la même manière qu'avant. Cette prise de conscience était agréable et pourtant renversante.

Il aurait besoin de plus de temps pour vraiment laisser le changement s'intégrer, mais pour l'instant, Ashton hocha la tête et écouta le message sincère derrière ces mots.

— J'aime faire partie de la famille. Et je ne me sens pas traité injustement ni piégé, insista-t-il honnêtement.

— J'en suis content, dit Caleb, son regard passant de nouveau sur sa famille. Je veux que tu sentes toujours que tu as une place à Silver Stone. Et ce n'est pas du tout un sous-entendu, mais quand tu voudras faire bouger les choses, quand tu ne voudras plus être celui qui rampe autour des poteaux électriques au milieu d'une tempête, dis-le-moi. Tu pourrais envisager de faire venir un apprenti pendant quelques années, si tu veux. Pour rendre la transition plus facile.

— Pour le faire grimper au poteau électrique ?

Caleb lui lança un grand sourire.

— Peut-être. Quand tu seras prêt, nous parlerons de ce qui viendra ensuite. D'accord ?

— Je n'en suis pas encore là, mais d'accord, acquiesça Ashton.

La conversation s'interrompit lorsque Tamara s'approchait et mettait Tyler, huit mois, dans les bras d'Ashton.

— Tu me dois une danse, dit-elle à Caleb en le tirant pour qu'il se lève.

À la grande joie des enfants, Caleb fit tournoyer Tamara dans l'espace dégagé à côté de la cuisine. Luke monta le son de la radio puis attrapa Kelli et la serra contre lui. Walker ouvrit les bras, Ivy le rejoignit, et ils se mirent tous à danser, se déplaçant avec joie, bonheur et une sensation de justesse qui réchauffa le cœur d'Ashton.

Des gens bien. Des gens bien et fiables qu'il avait vraiment de la chance d'avoir dans sa vie.

Il les quitta un peu plus tard, cette chaude lueur s'accrochant à lui alors qu'il sortait dans la nuit hivernale. Sa chienne, Beauty, se joignit brièvement à lui pour se faire rapidement caresser avant de retourner précipitamment dans la chaleur de l'écurie et de rejoindre les autres chiens du ranch.

Ashton avait à moitié traversé le jardin quand il remarqua une autre lueur chaleureuse, celle-là irradiant de ses fenêtres. C'était joli, mais en même temps, il lança un coup d'œil autour de lui pour voir s'il y avait des ouvriers en vue.

Il avait rabâché qu'il fallait économiser l'électricité et éteindre les lumières bien trop souvent pour s'en sortir sans des moqueries. Le pire c'était qu'il était sûr de les avoir éteintes. À l'évidence, ce n'était pas le cas.

Il ronchonna en passant la porte puis s'arrêta brusquement.

Ce n'était pas un plafonnier qu'il avait laissé allumé. Sonora était là, pelotonnée sur son canapé. Un petit sapin de

Noël était branché et des lumières jaune vif à l'extrémité de chaque branche brillaient contre le mur le plus proche.

— Tu es là.

C'était une chose bête à dire, mais c'était tout ce qu'il avait.

— Oui, avança-t-elle en posant son livre avant de se lever.

Elle s'avança vers lui, sourire aux lèvres.

— J'espère que ça ne te dérange pas que je me sois invitée. Mais j'avais un cadeau que je voulais t'offrir, et c'est toujours Noël.

Ce fut là qu'il remarqua ce qu'elle portait. Le déshabillé argenté qui lui arrivait à peine en dessous des genoux était retenu par un ruban rouge vif attaché autour de la taille.

Ashton leva les yeux pour croiser les siens.

— Joyeux Noël à moi.

9

Cela avait semblé nécessaire. Une fois que leurs projets avaient été gâchés par la famille et Mère Nature, prendre la situation en main était la seule option viable.

Et même si cela avait impliqué un peu de jonglage, Sonora était ravie du résultat.

Surtout vu la manière dont Ashton la regardait.

— Non pas que je veuille trop entrer dans les détails, mais comment es-tu arrivée ici ? demanda Ashton en enlevant ses bottes et son manteau puis en se rapprochant d'elle.

— Rose et Tansy m'ont récupérée en chemin vers le rassemblement familial des Fields ce matin. Sophie m'a prêté sa camionnette pour rentrer. Ce qui veut dire que j'ai un véhicule avec une super traction, alors tu n'auras pas à t'inquiéter pour moi quand je partirai. Et au cas où tu le demanderais, je me suis garée dans le parking des ouvriers puis j'ai traversé les écuries. Personne ne m'a vue.

— C'est certainement un détail auquel je devrais accorder une réflexion beaucoup plus poussée, mais je suis un peu distrait pour l'instant.

Les doigts d'Ashton taquinèrent l'avant de son déshabillé, et ses mamelons durcirent instantanément.

— Malgré le risque que tu dises non, je vais te reposer la question. Es-tu sûre d'en avoir envie ? Maintenant ? Ce soir ?

— Je ne croyais pas qu'il y avait une date d'expiration sur cette offre ou quoi que ce soit. Je veux simplement être avec toi, répondit Sonora franchement.

Ses doigts talentueux remontèrent et marquèrent une pause lorsqu'il découvrit une extrémité durcie. Il incurva un doigt et la caressa avec ses phalanges, et le cœur entier de Sonora s'illumina d'excitation.

— Je suis content, dit Ashton en passant son autre main dans son dos pour l'attirer contre son torse. Très content.

Sonora leva les yeux, Ashton se pencha et leurs lèvres s'unirent de nouveau. Cette fois, ce n'était plus tout à fait une surprise pour elle mais c'était loin d'être familier. C'était toujours un grand frisson douloureux, l'anticipation du plaisir qui envoyait de petites pulsations depuis son intimité.

— Merci pour mon sapin de Noël, chuchota-t-il contre ses lèvres.

Elle glissa les mains le long de la taille de son jean jusqu'à attraper suffisamment de tissu pour commencer à le déshabiller.

— Examine les décorations d'un peu plus près.

Il la garda contre son torse alors qu'il tournait la tête sur le côté. Un brusque éclat de rire lui échappa lorsqu'il vit les emballages brillants qui pendaient des branches.

— Est-ce que c'est toi qui les as faits ?

— Oui. Je les ai vus sur Pinterest, répondit-elle d'une voix traînante.

Ashton se pencha sur le côté et attrapa un des bonshommes de neige sur le sapin. Trois emballages de préservatifs argentés étaient collés stratégiquement, avec des yeux remuants et des morceaux colorés de papier cartonné pour créer le nez, la bouche, et des boutons.

— Je ne sais pas quel genre de signification tordue les bonshommes de neige et le sexe sont censés avoir, mais merci pour l'approvisionnement.

— Pas de message caché, je te le promets.

Sonora passa les mains sous sa chemise. Une peau d'homme chaude rencontra ses paumes, et elle soupira joyeusement.

— S'il te plaît, déshabille-toi, lui dit-elle.

Sa réponse fut de tendre la main vers la ceinture de son déshabillé et de la lui défaire lentement. Ashton écarta le tissu et sa respiration s'accéléra. Elle n'avait pas osé être complètement nue sous le déshabillé. Son plus joli ensemble soutien-gorge-petite culotte lui donna le courage de garder le menton levé alors que le regard d'Ashton passait sur elle.

Les doigts d'Ashton allèrent d'abord vers son tatouage, la caresser effleurant à peine sa peau alors qu'il caressait les arabesques qui avaient été ajoutées au cours des années depuis leur première fois ensemble.

— Sonora. Il est magnifique, dit-il en croisant son regard. Tu es magnifique.

Il glissa les paumes autour de son corps et sur son dos jusqu'à prendre ses fesses dans ses mains. Quand il l'attira contre lui, les pans du déshabillé s'ouvrirent et laissèrent la peau nue de Sonora frôler sa chemise en coton et le tissu plus rêche de son jean.

Les lèvres d'Ashton sur les siennes semblaient normales. C'était un plaisir presque douloureux alors qu'il encourageait sa langue à enlacer la sienne. Il déposa une ligne de baisers le long de sa mâchoire jusqu'à sa tempe, la faisant frissonner de la tête aux pieds.

Alors qu'ils s'embrassaient, elle le toucha partout : les mains sur ses bras, le bout de ses doigts caressant ses biceps et ses triceps avec une intense satisfaction. Elle erra sur les muscles de son dos et descendit le long de sa colonne vertébrale. Sonora savoura la caresse jusqu'à ce que ce soit lui qui grogne.

Alors qu'ils s'embrassaient toujours, Ashton les guida dans sa chambre. Elle ne ressentait aucune culpabilité à être déjà entrée dans la pièce, s'assurant qu'elle soit prête pour ce moment. Elle n'avait pas craint de la trouver en pagaille, pas avec la discipline qu'il avait. Mais alors que l'arrière de ses genoux touchait le matelas, elle savait que la couette était déjà tirée, et que rien n'empêcherait qu'ils continuent le voyage qu'ils avaient entamé.

Un rire grave échappa à Ashton alors qu'il la soulevait à demi et la déposait sur le matelas avant de ramper au-dessus d'elle.

— Il semble que j'aie reçu la visite de Boucle d'Or. Est-ce que le lit était trop ferme ou trop mou ?

Sonora écarta les jambes et laissa les hanches d'Ashton s'installer entre ses cuisses.

— Pile comme il fallait. Surtout maintenant.

Ils s'embrassèrent de nouveau, mais alors que leurs langues s'affrontaient, elle leva les hanches, les faisant aller et venir le long de son membre complètement rigide. Ses sens tourbillonnaient, et quand elle aspira sa langue dans sa bouche, les cuisses d'Ashton tressaillirent automatiquement.

Il chercha son souffle alors qu'il reculait.

— Si tu continues à faire ça, je ne vais pas tenir longtemps, la prévint-il.

— Il n'y a pas de quota non plus.

Le pseudo-regard noir qu'elle lui lança ne le démonta pas du tout.

— Tu n'es vraiment pas doué pour recevoir des ordres, n'est-ce pas ? continua-t-elle. Tu es censé être nu.

— Pas avant que je ne t'aie fait voir des étoiles au moins une fois.

La voix d'Ashton était si profonde et rauque qu'elle frôla la peau de Sonora comme une caresse physique.

Il glissa une main sur son ventre jusqu'à prendre son pubis dans sa paume.

Un doux juron échappa à Ashton alors qu'il glissait ses doigts épais entre ses replis. Il s'humecta les lèvres.

— Tu mouilles.

— Je pense à toi et à ce que nous pourrions faire depuis deux heures, signala-t-elle. C'est assez long pour chauffer le moteur de n'importe qui.

— C'est bon à savoir.

Il enfonça ses doigts un peu plus profondément avant de les retirer, une douce caresse sur son clitoris qui était incroyable.

— Recommence, ordonna-t-elle.

Le sourire d'Ashton était franchement machiavélique.

— Je dois faire autre chose d'abord.

Il garda la main de manière possessive sur son pubis alors qu'il abaissait la tête vers un de ses seins et refermait les lèvres autour d'un mamelon.

Les sensations s'enchaînaient. Les tétons sensibles réagissaient à la chaleur de sa bouche et au passage langoureux de sa langue. Rien que ça aurait suffi à apporter du plaisir à Sonora après des années sans sexe.

Mais combiné à la manière dont il la taquinait de ses doigts, le plus léger des mouvements avec la plus intime des caresses...

Sonora ferma les yeux, passa les mains autour des épaules d'Ashton et le laissa prendre le contrôle.

~

Ashton n'arrivait pas à se rappeler la dernière fois où il avait été si excité si vite. Ce n'était pas seulement que cette femme était magnifique, mais elle était…

Sonora. Pas simplement des courbes et des creux mais de l'autorité, du culot et de la puissance.

Continuer lentement lui demandait tout son sang-froid. Les sons provenant des lèvres de Sonora, les petits hoquets et gémissements, l'enflammaient et faisaient grésiller ses nerfs de désir. Ils déclenchaient une palpitation qui se diffusait à son membre et à ses testicules, et court-circuitait ses neurones.

Il glissa un doigt plus profondément dans son intimité, et elle inspira brusquement. Les muscles de Sonora se contractèrent violemment alors qu'il la caressait à l'intérieur tout en passant le pouce sur son clitoris.

— Oui, refais ça.

Sonora jura et écarta davantage les jambes pour faciliter ses mouvements. Ashton sourit et ramena la tête vers sa poitrine, la suçant à travers le tissu. Faisant aller et venir deux doigts en elle, il écarta son soutien-gorge et lécha durement son mamelon jusqu'à ce que son intimité se resserre autour de sa main, amorçant son orgasme.

Il retira son boxer, attira Sonora au bord du lit, et après lui avoir enlevé sa petite culotte, il posa les lèvres sur son intimité palpitante.

Elle cria de plaisir et enfonça les doigts dans ses cheveux. Elle devint déchaînée, se cambrant davantage contre sa bouche, répétant son prénom, jouissant toujours fort autour de ses doigts, et il était sur le point de se joindre à elle.

Il lutta pour retrouver son sang-froid et y réussit tout juste. Il fit danser sa langue sur son clitoris, caressa ses lèvres, et plongea les doigts dans son intimité encore et encore jusqu'à ce qu'une autre vague l'emporte. Ce ne fut qu'à ce moment-là qu'il bougea.

Il ne lui fallut qu'un instant pour sortir un préservatif de sa table de chevet et s'en couvrir, puis il se leva et s'allongea sur elle. L'extrémité de son membre contre son sexe, il marqua une pause pour examiner son visage. Il n'y vit rien d'autre que du plaisir et de l'excitation.

Ashton la regarda dans les yeux alors qu'il s'enfonçait dans sa chaleur en un mouvement régulier.

Le doux gémissement de plaisir de Sonora était exactement ce qu'il avait besoin d'entendre. Qu'elle lève les pieds et enroule les jambes autour de lui pour les rapprocher encore ne fit qu'améliorer la sensation. Ashton tremblait, à deux doigts de perdre le contrôle.

Sonora enfonça les ongles dans son dos et le griffa légèrement.

— Encore, demanda-t-elle.

Putain. Ashton donna un coup de reins.

Il n'était plus lent, chaque pénétration était plus dure et rapide que le précédent, la repoussant contre le lit. Ashton s'enfonçait aussi profondément dans ses replis accueillants que possible. Le sourire de Sonora redoubla, et il eut envie de rire. Être ensemble était excitant et divin sans aucune attente au-delà de cet instant, de cette sensation.

Un *bang* bruyant les interrompit.

De l'autre côté du mur, le bruit sourd répété se répercutait dans sa chambre, et Sonora se mit à rire.

— Vraiment ?

Bon sang. Ashton secoua la tête.

— C'est un nouvel ouvrier. Il a emménagé il y a quelques jours.

Le sourire de Sonora redoubla alors qu'elle se balançait contre lui, l'encourageant à continuer à bouger.

— Il n'a pas la moindre idée que sa chambre touche la tienne, n'est-ce pas ?

Ashton aurait ri aussi, mais tout en lui était concentré sur le plaisir qui les gagnait. Le lit se balançait silencieusement sous leur activité physique... Dieu merci *lui* était assez intelligent pour que le cadre du lit ne soit pas appuyé contre le mur, ou Ashton et Sonora aussi auraient annoncé ce qui se passait dans la chambre du contremaître à tout le ranch.

Sonora lui attrapa les fesses et l'attira plus fort en elle au coup de reins suivant, levant les hanches à sa rencontre. Elle posa les talons sur son postérieur, des sons de plaisir s'élevant plus fort et plus vite autour d'eux.

— Oui, j'y suis presque.

Sonora lui lécha le torse et remua.

Normalement, il aurait ralenti, tendu la main entre eux et aidée à jouir, mais il était au-delà du point de non-retour. Ses testicules remontèrent si fort contre son corps qu'ils faillirent disparaître, et il fut à peine conscient de la main de Sonora qui se faufilait entre eux pour se caresser le clitoris.

L'instant d'après, il explosait, tout son corps tressaillant, alors que la sensation de Sonora qui le touchait et l'enserrait submergeait ses sens. Sous lui, elle tremblait dans l'orgasme, puis ils se retrouvèrent tous deux dans l'extase, riant ensemble sur le lit alors que le répétitif bruit sourd continuait dans la chambre à côté.

— Est-ce que tu penses qu'ils vont en avoir pour longtemps ? demanda Sonora d'un air malicieux.

Il passa une main sur son corps et regarda le frisson déclenché par sa caresse.

— Il sera très gêné quand il le découvrira.

Elle se remit à rire. L'amusement se transforma en un frisson alors qu'il caressait une ligne de son tatouage.

— J'ai aimé ça, Ashton. Beaucoup.

— Moi aussi.

Les coups accélérèrent, et ils retinrent tous deux des ricanements. Sonora soupira de plaisir, puis regarda le mur.

— Il est enthousiaste. On est forcé de lui reconnaître ça.

— Au lieu d'écouter quelqu'un d'autre, je préférerais te faire encore gémir mon prénom.

Le visage de Sonora s'illumina, et le corps d'Ashton répondit instantanément. Bon sang, il était comme un adolescent avec elle.

— Une douche ? suggéra-t-il. Le martèlement sera peut-être terminé quand nous sortirons.

Sonora se leva sans rougir et se dirigea vers la salle de bains. Elle pivota dans l'embrasure de la porte, et il vit bien son corps, les douces mèches argentées de ses cheveux glissant sur ses épaules.

— J'ai jusqu'à minuit, annonça-t-elle.

— Tu as une citrouille à attraper ?

Il la rejoignit à la porte et ouvrit les robinets.

Ils entrèrent dans la douche. Ashton émit un son de satisfaction alors qu'elle prenait le savon et le faisait mousser.

— Non, mais j'ai des choses à faire demain, et j'ai besoin d'une nuit complète de sommeil. Il vaut sans doute mieux que ma camionnette soit partie avant demain matin.

Elle frotta une main savonneuse sur son torse et se pencha pour l'embrasser.

— On a le temps pour un autre round si tu es partant.

Ashton l'embrassa gentiment avant de reculer. Elle était trop bien pour être vraie.

— Pas de date d'expiration, pas de quota, lui rappela-t-il.

Sonora haussa les épaules.

— Ça fait longtemps, et j'y ai pris du plaisir.

Ses mains se déplacèrent plus bas sur le corps d'Ashton, et il frissonna lorsqu'elle prit possession de son membre.

— Jusqu'à minuit, humm ?

Il regarda l'horloge digitale sur la table de nuit tout juste visible par la porte ouverte de la salle de bains.

Sonora semblait fascinée par ce qu'elle faisait avec ses mains.

— Ouais.

Ashton allait mourir en homme heureux. Il ferma les yeux et la laissa jouer. Ils avaient des heures devant eux. Dépenser ses forces avec cette femme allait être très distrayant et satisfaisant.

Cette première nuit mena à une autre, quelques jours plus tard, puis à plus de parties de jambes en l'air qu'Ashton n'aurait cru possible. À l'intérieur et en dehors du lit, Sonora devint sa partenaire très consentante dans la débauche.

Non, c'était faux. Les choses devenaient torrides entre eux, en effet, mais il y avait toujours un fil conducteur de joie intense et de décence dans le sexe et Ashton pensait avoir touché le jackpot.

Il trouvait des moyens de se faufiler chez elle. Elle apparaissait au ranch aux moments et dans les endroits les plus étranges, prête à lui sauter dessus dans la sellerie ou le fenil.

Un beau jour de printemps, il ouvrit la porte d'un tracteur et la trouva qui l'attendait à l'intérieur. La logistique de cette rencontre aurait embarrassé un homme moins ingénieux.

Ashton était ingénieux.

Pendant la partie de pêche estivale du jour, il avait plus été question de se taquiner jusqu'à atteindre des orgasmes merveilleusement sauvages que de trouver l'insaisissable truite arc-en-ciel.

Ils venaient de terminer un interlude plutôt vigoureux, et Sonora émettait encore les sons les plus délicieux alors qu'elle était allongée près de lui sur l'épaisse couverture de pique-nique qu'il avait posée sur la berge.

Ashton roula sur le côté et eut un petit rire.

— Tu te dégonfles ?

Elle tourna la tête vers lui, le rosissement de ses joues faisant briller ses yeux encore plus vivement.

— Qu'est-ce que tu dis ?

— Tu soupires et tu expires si fort que je pense que tu as une fuite.

Son rire flotta sur l'eau tachetée de soleil qui étincelait à leurs pieds.

— Peut-être que tu m'as remplie d'air. C'était plutôt athlétique, Ashton.

— Je mange mes céréales.

Il se rapprocha et l'embrassa, doucement et tendrement. Bon sang, être ensemble régulièrement était la cerise sur le gâteau qui lui avait manqué toute sa vie.

— Merci de t'être jointe à moi.

— J'aime pêcher, dit-elle avec une expression parfaitement sérieuse.

— Ha. Moi aussi.

Il laissa son regard glisser sur elle, admirateur. Nue ou habillée, Sonora touchait tous ses points sensibles. Il n'était pas surpris par ce qu'il était capable de faire pour trouver du temps avec elle.

— Mais les garçons vont me taquiner sur ma malchance si je rentre encore une fois bredouille.

— Ouais, dommage que tu n'aies pas de chance.

Ses lèvres se relevèrent en un grand sourire alors qu'elle se redressait et tendait la main vers ses vêtements.

Il posa une main sur son épaule pour l'empêcher de se couvrir.

— Tu as froid ?

Elle secoua la tête.

— Pas vraiment.

Ashton la recoucha sur la couverture, la recouvrant de son corps.

— Je veux encore regarder ton tatouage.

— C'est une obsession.

— Peut-être.

Même s'il pensait que ce n'était pas le tatouage, mais plutôt la peau en dessous. Sonora s'étira, roula légèrement sur le côté et eut un petit soupir de plaisir alors qu'il passait les doigts sur son flanc pour caresser de nouveau le motif.

Il l'avait fait des douzaines de fois depuis qu'ils étaient officiellement devenus amants, mais à chaque fois il remarquait quelque chose de nouveau.

— Ta tatoueuse est incroyable.

— Elle l'est. Une partie du dessin a été créée par Fern, lui rappela-t-elle.

— Tellement talentueuse, dit-il en caressant les minuscules feuilles qui se déployaient le long de sa hanche. Que ce ne soit pas seulement des lignes, mais des lignes de texte rendent ça encore plus significatif.

Ashton déposa un baiser sur la minuscule pile de cailloux créée par les noms de Walter et Deb.

— Les pierres[i].

— Les pierres angulaires, reprit-elle.

Ashton recula et regarda l'ensemble de plus près. Eh bien, bon sang, elle avait raison.

— Je n'avais pas vu ça avant.

Sonora passa les doigts dans les cheveux d'Ashton.

— Ils ont fait une des choses les plus difficiles. Ils ont créé un endroit sûr pour que leurs enfants grandissent même après leur disparition. Et tu en faisais partie, lui rappela-t-elle.

Il se glissa près d'elle et l'attira dans ses bras.

— Je suppose. C'est encore le cas.

Il déposa ses lèvres contre sa tempe et laissa la chaleur de son corps le réchauffer.

— Je suppose que ce sera toujours le cas.

Ils étaient en train de se rhabiller quand une clochette sonna, et Sonora poussa un cri de joie. Elle fourra ses pieds dans ses bottes et se dépêcha de s'approcher de la rivière peu éloignée.

Il la suivit, riant lorsqu'il remarqua le fil de pêche et le bouchon qui dansaient joyeusement.

Elle attrapa une jolie truite puis la lui présenta avec un grand sourire.

— Tiens. Elle est à toi. Prends-la et montre-la aux garçons pour que ta réputation reste intacte un jour de plus.

Sacrément belle. Sacrément intelligente. Ashton accepta le poisson comme si c'était une médaille d'or.

La vie continua, bien remplie et distrayante. Le travail à Silver Stone resta régulier et intense. On demanda à Ashton d'aider à la caserne des pompiers du coin, et passer du temps avec les autres coordinateurs remplit son désir de donner à la communauté au-delà du ranch.

Sonora et lui continuèrent à se retrouver en secret. Ils se voyaient parfois toutes les semaines, restaient parfois plus longtemps sans prendre contact, mais à chaque fois qu'ils se retrouvaient, le lien restait aussi superbement joyeux et torride. Sonora semblait contente. Et Ashton ?

Ashton prenait chaque jour et le savourait au maximum.

10

Décembre, un an plus tôt

— Rami.

Ashton jura alors que Gary Silver posait d'un air triomphant ses cartes sur la table avec un grand sourire.

— Comment est-ce que tu fais ça ? Nous n'avons fait qu'un tour de jeu, et tu es encore gagnant.

Gary haussa les épaules en rassemblant les cartes et en commençant à les mélanger.

— Une vie saine combinée à mon extrême intelligence.

Le troisième homme à table, James, lança un regard noir à Gary.

— Ce sont plutôt les coups de fer à cheval dans ton cul.

— Ton langage, gronda automatiquement Ashton, sachant que ça ferait rire ses amis.

La musique qui qui les entourait formait un agréable fond à la convivialité de leur table. Le pub du *Rough Cut* avait un menu limité, mais la cuisine familiale composée de hamburgers et de cornets de frites suffisait à leur réunion, surtout accompagnée d'une pinte.

Dans une certaine mesure, les options pour manger au restaurant en ville étaient limitées, à moins qu'ils ne veuillent aller encore une fois au *diner* du coin ou payer un repas chic dans l'un des deux restos haut de gamme à proximité.

Un hamburger et une bière ? À fond pour le *Rough Cut*.

La piste de danse était fréquentée ce vendredi soir, mais la table qu'Ashton et ses amis avaient réquisitionnée sur le côté était relativement au calme. Le propriétaire de l'établissement, un autre volontaire à la caserne, Ryan Zhao, s'approcha et remplit leurs verres.

— Messieurs, vous devez faire attention. Si votre comportement se déchaîne encore, je ne vous sers plus.

— En parlant de comportement déchaîné... dit Ashton en le regardant avant de lancer un coup d'œil au bar. C'était sympa de rencontrer ton amie Madison l'autre soir à la caserne.

Le visage de Ryan s'illumina.

— C'est ma meilleure amie depuis une éternité. Elle reste dans le coin jusqu'à la fin du mois.

— Content de l'entendre, répondit Ashton.

Il lança un coup d'œil à la femme qui discutait aisément avec l'assistante de Ryan, tout en déplaçant avec fluidité derrière le bar pour servir des boissons. Les bleus sombres sous les yeux de Madison donnaient toutes sortes de signaux d'avertissement, alors cela avait été un soulagement de découvrir que les dommages provenaient d'une mésaventure en voiture et de rien d'infligé par un humain.

Ryan s'éloigna, et Gary se pencha pour ne pas devoir crier.

— Brooke a ramené la voiture de Madison pour que nous la réparions. Elle n'était pas en trop mauvais état, mais bon sang, ces airbags ont fait des dégâts sur cette fille.

— La petite pleine d'énergie derrière le bar ? demanda

James avant de retourner aux cartes. Si elle traîne avec Ryan, elle est entre de bonnes mains.

Ashton était d'accord. Il avait appris à connaître Ryan au cours des derniers mois à la caserne. Il était raisonnable et infatigable.

James mélangea les cartes et les leva d'un air interrogateur.

— Une autre partie ?

— Dans une minute. Je reviens tout de suite, dit Ashton.

Il hocha la tête vers ses amis puis alla vers les toilettes. En chemin, il remarqua deux des ouvriers les moins honorables de Silver Stone.

C'était un réflexe de slalomer à travers la foule grandissante pour être à portée d'oreille, surtout après avoir remarqué les regards sans équivoques dirigés vers Madison pendant qu'elle s'activait derrière le bar.

— Je me la taperais bien.

Jim leva le menton vers elle, l'évaluant d'un regard concupiscent.

— Moi aussi. Tu veux voir qui est le meilleur ? suggéra Michael. Je parie que je peux lui faire tomber le pantalon avant minuit.

— Ha. Tu entres et sors si vite qu'elles ne le remarquent même pas.

— Oh, elles remarquent, se vanta Mike. Elles marchent les jambes arquées pendant des jours ensuite.

Bordel de merde. C'était de ça que les jeunes de maintenant se vantaient ? Ashton s'avança, se plaça entre eux et le bar, leur bloquant la vue sur Madison.

— Si cette femme s'intéresse à l'un d'entre vous, je présume qu'elle vous le dira. Mais tout bien considéré, vous devriez sans doute diriger votre attention ailleurs.

Les hommes reculèrent instinctivement.

— Hé, Ashton. Je ne vous avais pas vu, dit Jim.

— Je m'en doutais, dit Ashton d'une voix traînante.

Mike et Jim échangèrent un coup d'œil.

— Nous ne faisions que plaisanter. Vous savez ce que c'est.

— Et moi, je ne fais que vous rappeler de surveiller vos manières. Je n'ai aucun problème si vous appréciez le temps passé avec les dames du moment qu'elles s'amusent aussi, déclara Ashton en lançant à Jim un regard sans équivoque. Tu ne vois pas quelqu'un régulièrement ?

Ce dernier eut la décence d'avoir l'air gêné avant de remettre son masque de fanfaron en place.

— C'est plutôt une relation décousue.

— Vraiment ?

L'incrédulité dans le ton de la voix d'Ashton était mortelle.

— D'accord. Passez une bonne soirée, messieurs, et je vous verrai en service demain, continua Ashton en leur lançant son regard le plus dur. Ne soyez pas en retard.

Il ne savait pas ce qui les rendait aussi tordus, un manque de formation ou une absence d'intérêt pour l'opinion des autres, mais c'était triste à voir. Ashton alla aux toilettes, puis marqua une pause devant la porte en ressortant. Il s'installa sur le banc dans les ombres pour retirer sa botte et s'occuper du caillou qui l'avait agacé toute la soirée.

— C'était un mauvais timing qu'Ashton nous entende, râla Mike alors qu'il allait avec Jim vers les toilettes.

— Ce salaud a besoin de tirer un coup. Peut-être que comme ça il serait de meilleure humeur une fois de temps en temps.

— Non, ce n'est pas le manque de sexe. Je pense que c'est simplement un fumier. Lui et la Fallen s'envoient en l'air régulièrement.

— Tu déconnes. Ce n'est qu'une rumeur, assura Jim.

— Je ne crois pas. Je l'ai surpris à rêvasser en la regardant un jour quand elle est passée déposer quelque chose pour son gendre, dit Mike avec un petit rire. Elle est vieille, mais elle reste canon. Ce doit être une chaudasse au lit parce que le fumier semble toujours avoir un sourire sur le visage quand elle s'en va. Vérifie un de ces quatre.

Jim poussa la porte des toilettes, sa voix s'atténuant comme elle se refermait derrière lui.

— Qu'il s'envoie en l'air régulièrement ? Ce serait injuste.

— Tu ne savais vraiment pas ? Nous pourrions nous faire de l'argent là-dessus, suggéra Mike. Je dis ça en passant.

Ashton attendit d'être certain qu'ils ne le remarqueraient pas, puis fila à la table avec ses amis, se maudissant tout en étant soulagé d'avoir entendu cette conversation.

Ce n'était pas seulement la grossièreté avec laquelle on parlait de lui. On disait bien que les personnes qui écoutaient aux portes entendaient de vilaines choses à leur sujet.

De vilaines choses sur Sonora lui convenaient beaucoup moins.

Ashton réfléchit toute la nuit, mais le lendemain matin, il pensait avoir trouvé une solution. Cela lui donnait l'impression d'être un véritable idiot, mais ce devait être fait. Tout ce qu'il fallait pour que les mauvaises langues et les regards se détournent de Sonora.

Heureusement, il avait une bonne raison de passer au refuge pour animaux. Ashton souleva le sac de nourriture pour chiens supplémentaire que Silver Stone avait commandé en donation et s'avança dans la grange devant la maison de Sonora.

L'endroit avait subi un certain nombre de changements au cours des années depuis qu'elle avait emménagé. Même si elle n'avait jamais eu plus de quelques animaux elle-même, elle avait fait du bon travail pour rendre l'endroit aussi confortable que possible pour eux.

Il lui avait aussi donné un coup de main lors des premières années, créant divers systèmes pour lui permettre d'être aussi indépendante que possible quand il s'agissait de seller son cheval et pour le reste. L'équipement était lourd, et même si elle était en forme, il n'y avait pas de raison de ranger les selles ou les mangeoires en hauteur comme ils le faisaient à Silver Stone.

— Hé, Ashton.

Charity Gruzing passa à grands pas à côté de lui, quelques chatons se tortillant dans ses bras. Elle aussi était volontaire dans l'équipe des pompiers.

— Vous cherchez un endroit où mettre ça ? demanda-t-elle.

— Je pensais à la réserve. Tu m'ouvres la porte ? demanda-t-il.

— Pas de problème, répondit-elle en jonglant un peu avec les chatons avant de réussir à l'aider. Je vais dire à Sonora que vous êtes là.

— Elle est dans la grange ?

— Elle nettoie une stalle. Par là.

Un des chatons échappa à Charity, et la jeune femme se précipita derrière lui.

— Zut.

Ashton se mit à rire.

— Amuse-toi bien.

Puis il alla retrouver Sonora.

Elle nettoyait une vieille stalle. Elle ratissait lentement, et le grattement des dents du râteau replaçant la litière était comme une douce brosse sur ses tympans.

— Hé.

— Hé, dit Sonora en lui souriant. Tu veux que je te mette au travail ?

— Pas vraiment. Je n'ai qu'une minute, mais il faut que je te parle.

Elle posa le râteau contre le mur.

— Raconte.

Il se sentit minable quand il lui révéla ce qu'il avait entendu au bar. Heureusement, Sonora ne sembla pas aussi contrariée que lui.

Malgré tout, ils devaient arranger ça, et vite.

— Je pense que nous devrions nous disputer.

Elle roula des yeux.

— Vraiment ?

— Tu ressemblais à Tansy, là, pendant un instant, lui dit-il.

— Ma petite-fille est une femme merveilleuse qui reconnaît des bêtises quand elle en entend, déclara Sonora en secouant la tête. Une dispute ? Tu veux que je te traite de fumier grincheux ?

— Je suppose.

Il repensa à la dernière fois qu'elle lui avait sonné les cloches.

— Tu peux dire que je suis un vieil idiot et dire aux gens que je dois développer mon sens de l'humour.

— Oh, crois-moi, en ce qui te concerne, je n'ai pas besoin que tu me dises de quoi je pourrais me plaindre.

Elle l'avait dit d'un ton pince-sans-rire, mais son expression devint plus gaie.

— Tu es sûr que tu ne donnes pas plus d'importance à ça que nécessaire ?

— Tu veux que tout le monde se mêle de nos affaires ? demanda-t-il.

Sonora lui lança un regard noir.

— Nous vivons dans une petite ville, Ashton. Tout le monde se mêle toujours des affaires des autres.

— Pas des nôtres, signala-t-il. C'est pour ça que je suis

désolé. J'ai dû merder. Mais je pense que ce sera facilement réglé.

Elle poussa un gros soupir.

— Bien. Je te traiterai d'ours mal léché et d'enquiquineur, et nous ferons en sorte que tout le monde raconte que nous ne devrions jamais nous retrouver seuls parce que nous ferions sûrement tout cramer.

Ashton lança un coup d'œil autour de lui pour s'assurer que personne n'était assez près pour voir ou entendre. Puis il se rapprocha et la pressa contre le mur de son corps.

— Cette partie-là est vraie. Nous faisons tout cramer.

— Tu me causes des problèmes.

Sonora attrapa son visage entre ses mains et l'embrassa gentiment. Sa langue passa sur ses lèvres d'une telle manière qu'il s'illumina de l'intérieur.

Il pressa son front contre le sien.

— Est-ce que je peux venir demain ?

Elle haussa un sourcil.

— Je vais y réfléchir. Je ne sais pas si traîner avec un ours mal léché, c'est ce que je veux.

Il ricana.

— Revoilà cette expression.

— Habitue-toi.

Puis elle l'embrassa jusqu'à ce qu'il ne se soucie plus de comment elle l'appelait.

Même s'il fut plus prudent et qu'il rectifia son expression, et son pantalon, avant de marcher en public. Inutile d'annoncer à tout le monde ce qu'elle lui faisait ressentir exactement.

Cette chose entre eux était privée, bordel de merde. Pourquoi qui que ce soit d'autre avait-il besoin d'aller fourrer son nez dans leurs affaires ? Ce qu'ils faisaient derrière des portes closes les concernait eux et uniquement eux.

Mais c'est quelque chose de bien. Le cacher paraît inapproprié.

D'où lui venait cette pensée ? Il ne le savait pas. Ashton secoua la tête et se concentra sur toutes les autres choses qu'il devait accomplir ce jour-là.

Attendant ardemment le prochain instant où ils pourraient être ensemble.

Sonora n'aimait pas quand elle était de mauvaise humeur. Elle était adulte, pour l'amour du ciel, et responsable de ses émotions, mais étrangement, qu'Ashton orchestre la dispute prévue pour le lendemain matin avait largement suffi à la pousser dans le territoire de l'énervement.

Elle était assise dans le fauteuil le plus confortable de son salon et ruminait.

Tu es de mauvais poil.

Argh. Est-ce que son fantôme ne pouvait pas se pointer et la distraire par une conversation ? Non, il devait la concentrer de nouveau sur ce qui l'énervait.

Tu es agaçant, dit-elle mentalement à Greg.

Tu es frustrée. Défoule-toi dans une activité. Tricote, fais du crochet, crée une autre décoration de porte super moche pour Ashton. Il la mérite.

Elle se mit à rire. Elle avait oublié la fois où, quelques années plus tôt, Ashton s'étant montré autoritaire avec elle, elle lui avait fabriqué la décoration de porte la plus criarde possible. Un souvenir charmant. Oui, trouver des moyens de l'asticoter au cours des années l'aidait à gérer les moments frustrants.

Hummmm. Bonne idée.

Sonora alla vers son placard à création et attrapa le matériel dont elle avait besoin. Une demi-heure plus tard, elle avait presque terminé une décoration murale en macramé. Elle avait choisi la simplicité, juste une série de nœuds dans le style répétitif d'un damier.

Elle lissa les derniers fils puis en commença une autre, l'amusement la gagnant. Le mouvement répétitif de faire des nœuds permettait à ses pensées de dériver jusqu'à ce qu'elle comprenne enfin pourquoi elle était tellement agacée.

Ashton sentait clairement qu'il était important que ça reste secret. Ce qui... était bien. C'était ce qu'ils avaient convenu, et elle n'avait pas vraiment de problème avec ça. Simplement avec l'impression d'urgence qu'il avait révélée.

Est-ce qu'elle était si terrible qu'il ne pouvait pas supporter que *qui que ce soit* sache qu'ils étaient ensemble ?

Non. Cette pensée était méchante et excessive. Ashton ne voulait rien sous-entendre à part de garder le statu quo.

Mais ça te conviendrait si les choses n'étaient plus aussi secrètes, n'est-ce pas ?

Cette fois, elle ne se donna pas la peine de dire à Greg de se taire. La vérité s'approchait à pas de loup depuis des mois, mais elle n'avait pas à agir là-dessus.

En fait, elle devait faire l'exact opposé.

Ashton avait raison de s'en tenir à leur plan d'origine. Ils s'étaient engagés à n'être que des amis qui couchaient ensemble, et rien dans cet engagement n'avait officiellement changé. Elle lissa un autre nœud et s'autorisa l'aveu suivant. Elle aimait son foyer. Elle aimait que le refuge pour animaux qu'elle avait créé réponde à un besoin à Heart Falls, mais entre les deux, les corvées devenaient trop ardues pour qu'elle les gère seule.

Elle ne pouvait pas rester à la campagne pour toujours. Pas sans que ses enfants y consacrent aussi du temps et de l'énergie... ce qu'ils feraient volontiers. Seulement, ce n'était pas normal. Vivre à la campagne était son rêve, pas le leur. Si elle ne pouvait pas faire le boulot, elle ne méritait pas de rester.

Si Ashton était là pour partager la charge...

Non. Absolument pas.

De plus, si c'était la raison pour laquelle ces émotions emmêlées avaient commencé à changer en elle, Sonora allait tuer ça dans l'œuf immédiatement. Ashton était son ami, son amant, pas quelqu'un qui lui était redevable d'une quelconque manière. Certainement pas quelqu'un qui devrait emménager avec elle juste pour satisfaire un besoin de compagnie et d'assistance.

Lui faire changer de vie et d'engagements pour que ça lui serve à elle était hors de question. Elle ne lui demanderait pas de faire précisément ce qu'il avait toujours voulu éviter.

Le fait qu'elle aimerait qu'il soit là davantage ne comptait pas. À chaque fois qu'ils parlaient, il était clair qu'il n'était pas prêt à prendre sa retraite. Il sentait encore qu'il y avait trop à faire pour Silver Stone.

S'il voulait qu'ils s'en tiennent au plan, elle ferait tout ce qu'elle pouvait pour qu'il reste heureux.

Voilà pourquoi qu'elle se rendit au coffee-shop de ses petites-filles le lendemain matin comme convenu. Elle déposa ses affaires sur une des petites tables d'un côté de la salle avant de se diriger vers le comptoir pour passer sa commande.

Tansy lui lança un grand sourire.

— Mamie. Tu sors rarement aussi tôt le dimanche. Tu retrouves quelqu'un ?

— Juste moi, révéla-t-elle en embrassant Tansy et en la serrant fort. Comment allez-vous ?

— Bien mais nous sommes occupées. Pouvons-nous venir te voir demain ou mardi ?

— Bien sûr. Je suis là pour un moment calme dans un cadre

social. Tout ce dont j'ai besoin, c'est d'un muffin au crumble myrtille et d'un café, s'il te plaît.

— Ça arrive. J'en ai un avec du sucre roux supplémentaire qui te plairait.

Tansy sourit puis s'occupa de la commande.

Sonora prit ses affaires et s'installa à son poste de combat de choix. Elle sortit son téléphone, surprise de voir un message d'Ashton.

Qui l'eût cru ? Il s'était vraiment souvenu de la manière d'envoyer un texto.

Ashton : j'arrive

Elle se mit à rire. Heureusement que les horodatages existaient, ou elle n'aurait eu aucune idée de l'heure à laquelle il arriverait.

Le message avait été envoyé quinze minutes plus tôt, ce qui voulait dire que, lorsque la porte s'ouvrit et qu'il entra, elle était prête. Sonora garda les yeux rivés à l'écran de son téléphone et se demanda combien de bêtises elle pouvait faire.

Pas trop. Et elle jouerait son rôle parce qu'il pensait que c'était important.

Ça ne voulait pas dire qu'elle ne pouvait pas aussi s'amuser.

Elle tapa rapidement.

Sonora : Quand tout ça sera fini, viens chez moi. Je ressens le besoin de te déshabiller et de te chevaucher comme un poney.

Elle n'hésita qu'une fraction de seconde avant d'appuyer sur *envoi*.

Il passa à côté d'elle et une vibration s'éleva de son téléphone alors qu'un message arrivait. S'empêcher de rire était très, très difficile.

Surtout quand Ashton passa commande, puis s'approcha à grands pas de sa table. Comme ils l'avaient convenu, il marqua une pause, la main sur le dossier de la deuxième chaise.

— Ça te dérange si je m'assois ?

Elle afficha son expression la plus hautaine.

En fait, oui.

Le doux bourdonnement de conversation dans la boutique devint un simple chuchotement. Alors qu'elle gardait les yeux fixés sur Ashton, Sonora aurait juré sentir tout le monde dans la salle regarder dans leur direction.

Ashton fronça les sourcils.

— Vraiment ?

— Vraiment.

Elle prit son café et en but délibérément une gorgée. Puis elle leva les yeux comme si elle était surprise qu'il soit encore là.

— Va-t'en, Ashton. J'essaie de profiter de mon petit déjeuner. Je n'ai pas besoin qu'un ours mal léché comme toi fasse tourner mon café.

Il bafouilla, ses yeux lançant des éclairs à ses paroles. Puis il hocha la tête et se détourna. La table d'à côté étant vide, il tira sèchement la chaise, faisant grincer les pieds sur le plancher.

Il se laissa lourdement tomber sur la chaise. Ashton s'installa le dos tourné vers elle. Il posa son téléphone sur la table. Une fois qu'il eut touché l'écran, une brusque inspiration s'entendit, et il se redressa brusquement, les épaules raidies.

Il semblait qu'il avait vu son message. Bien. Ce pourrait être amusant.

Ashton laissa son téléphone sur la table, face vers le haut, ce qui voulait dire qu'à chaque fois qu'elle appuyait sur *envoi*, la nouvelle alerte qui apparaissait était parfaitement visible. Bien sûr, son langage corporel hurlait qu'il se passait quelque chose.

À chaque mouvement de gêne, Sonora était de plus en plus

amusée. Elle commençait aussi à se sentir un peu triste pour lui... mais seulement un peu. Il lui avait demandé de faire exactement ce qu'elle faisait.

Enfin, pas les sous-entendus sexuels. C'était entièrement son idée, mais elle se ferait pardonner. Un jour.

L'attention d'Ashton se fixait tantôt sur son petit déjeuner et se perdait tantôt dans le vague, tandis qu'il s'efforçait de ne pas réagir à ses taquineries.

Sonora : Est-ce que tu te souviens de la fois où j'étais derrière le bureau de ton office et où j'avais la bouche autour de ta queue quand un des ouvriers est entré ?

Sonora : Tu t'es déversé sur ma langue quelques instants après son départ.

Sonora : On devrait recommencer.

Sonora : Bientôt.

Il grogna. Littéralement.

Sonora but son café, fit semblant de lire quelque chose sur son téléphone et s'abandonna à son amusement. Pauvre Ashton. Quel imbroglio ! Apaiser son ego viendrait plus tard, mais pour l'instant, elle resta simplement là et profita de son petit déjeuner, écoutant les conversations alentoir.

Près d'elle, un groupe de six merveilleuses jeunes personnes s'était rassemblé. Toutes sauf une étaient familières et avaient une place dans son affection. Sonora connaissait bien Brooke et Mack, Brooke grâce aux années passées ensemble dans la communauté. Les autres étaient de nouveaux venus, mais ils avaient déjà tous leurs places à Heart Falls. Alex travaillait à Silver Stone avec Ashton, et Ryan possédait le *Rough Cut*. Tous deux étaient volontaires à la brigade des sapeurs-pompiers. Yvette, la jeune vétérinaire, était une habituée du refuge pour animaux, et Sonora appréciait son cœur tendre et ses compétences techniques.

La conversation se détériora quand Alex tenta de faire une blague, et qu'elle tomba plus qu'à plat. Son commentaire au sujet d'emmener quelqu'un faire une chevauchée était limite flippant, et Sonora décida que c'était le bon moment pour quitter la salle et sauver ce pauvre homme de lui même.

Elle se leva et s'avança vers la table.

— Que d'ennuis pour pas grand-chose.

Elle lança un coup d'œil désapprobateur à Alex avant de tourner la tête jusqu'à ce que personne d'autre ne puisse la voir lui lancer un clin d'œil. Elle tourna le regard vers les trois femmes assises à table. Elle sourit et tendit une main vers la visiteuse du groupe.

— Sonora Fallen. Si vous voulez aller faire une promenade à cheval toutes les trois, je peux arranger ça.

L'amie de Ryan, Madison Joy, serra la main tendue et sourit d'un air excité.

— C'est merveilleux. Merci.

Yvette regardait toujours Alex avec amusement, mais elle répondit aussi à Sonora.

— C'est génial. À la fois la promenade et le fait qu'Alex se sent à peu près de *cette* taille en ce moment.

Elle leva le pouce et l'index comme si elle tenait un grain de sable.

Alex avait l'air aussi contrit qu'il le pouvait dans ces circonstances.

— Je te présente mes excuses. J'avais environ trois commentaires impertinents qui voulaient sortir d'un coup, et ils se sont mélangés dans le mauvais sens.

— Alors tu devrais peut-être essayer d'éviter l'impertinence, suggéra Yvette avant de se tourner vers Sonora. Déterminons une heure qui conviendra à tout le monde.

Sonora accepta de les retrouver dans quelques jours puis retourna chez elle et mit la bouilloire en route.

Sans surprise, Ashton arriva vingt minutes plus tard.

Elle resta là où elle se trouvait alors qu'il s'installait près d'elle sur le canapé.

— Est-ce que tu as suffisamment l'impression que nous ne sommes *pas* un couple aux yeux de la communauté ?

Il hocha la tête mais lui attrapa les doigts, le regard dans le vague, les pensées à l'évidence ailleurs.

Sonora prit son visage entre ses mains et l'attira vers elle.

— Parle-moi. Je suis désolée si j'ai dépassé les bornes.

— Quoi ?

Il cligna des yeux d'étonnement alors qu'il déposait un baiser sur sa paume.

— Non, continua-t-il. Tu étais hilarante, et ça ne m'a pas dérangé du tout. Je me sens juste un peu embrouillé.

— À propos de quelque chose en particulier ?

Il réfléchit.

— Voir Ryan avec Madison. On dirait qu'il y a une étincelle entre eux, mais je ne veux pas imaginer des choses là où il n'y en a pas, dit Ashton en levant les yeux vers elle. C'est un homme bien qui est seul depuis longtemps. Je compare ça au malheur que mon frère et son épouse se font subir tous les jours, et rien n'a de sens.

Bon sang. La relation de son frère était un champ de mines que Sonora choisissait habituellement d'ignorer. Mais il était devenu clair avec les années que leur terrible exemple de mariage affectait énormément Ashton.

Malgré tout, elle pouvait évoquer le reste de son commentaire avec assurance.

Elle se pressa contre Ashton et le serra fort.

— La mort n'a jamais de sens. Que ce soit les amis, comme les Stone, ou ceux qu'on aime de tout son cœur et de toute son âme, comme Justina, la femme de Ryan ou mon Greg. Surtout quand on a l'impression que l'on n'a jamais vraiment eu l'occasion de leur dire au revoir.

Ashton hocha la tête, la tristesse se lisant dans les yeux, un pli entre les sourcils.

Sonora passa les doigts sur la ride alors tout en continuant :

— Ryan et moi avons parlé il y a quelques mois de ce que c'était de perdre quelqu'un que nous aimions.

Elle regarda fixement les mains d'Ashton, remarquant leur force. Les articulations éraflées et les marques que des années de dur labeur avaient inscrites sur sa peau.

— De la manière dont certaines personnes s'enracinent dans notre âme.

Elle caressa la joue d'Ashton, et la pensée de ceux qu'ils avaient perdus au cours des années suscita une immense tristesse.

— Ils sont toujours avec nous d'une certaine manière, ajouta-t-elle, mais ce n'est jamais pareil.

— On les aime toujours.

Elle hocha la tête.

— J'aimerai Greg jusqu'au jour de ma mort. Ryan aimera sa Justina.

Les racines de ce sentiment restaient fortes en elle. Avoir aimé aussi fort était un privilège et une malédiction.

Ashton et elle restèrent assis en silence encore quelques minutes avant qu'elle ne lève la tête vers lui. L'homme intelligent et merveilleux saisit l'allusion et l'embrassa, et tout ce qui se rapportait au coffee-shop, à ses plaisanteries, à la tristesse… cela disparut alors qu'ils se donnaient l'un à l'autre.

Lentement, langoureusement, et de manière très, très agréable.

~

Des heures plus tard, Sonora se tenait près de la porte de derrière et attendait pendant qu'Ashton enfilait ses vêtements et se préparait à partir. Il l'entoura encore une fois de ses bras et la serra fort avant de l'embrasser.

— On se voit bientôt.

Il était presque sorti quand elle se souvint.

— Attends, j'ai quelque chose pour toi.

Elle attrapa la décoration murale et la lui mit dans la main.

— Qu'est-ce que c'est ?

Il la déroula, et sa confusion était évidente alors qu'il tenait le crochet du haut et que la multitude de nœuds en coton tombait en cascade de ses doigts.

Elle sourit gentiment.

— C'est pour égayer ton logement. Je l'ai fait en pensant à toi.

Ce n'était pas un mensonge du tout.

Il se racla la gorge, son cerveau était à l'évidence en surcharge alors qu'il cherchait quoi répondre.

— Je l'adore.

Comment réussit-elle à garder une mine sérieuse, elle n'en avait aucune idée.

— Tant mieux.

Quand Ashton s'en alla, elle s'installa et en fit cinq autres.

11

Comme d'habitude, le mois de décembre passa en un éclair avec les activités familiales et les événements communautaires. Cette année, il y avait eu une excitation supplémentaire créée par l'invitée de Ryan pour les fêtes.

La création du spectacle *Pas Si Casse-Noisette* avait été une idée brillante de la part de Madison. L'événement communautaire avait canalisé l'imagination et les efforts de tout le monde pendant deux bonnes semaines. Il avait été couronné de succès comme levée de fonds, et couronné de succès comme source d'amusement.

Deux soirs après le spectacle, et deux jours avant Noël, Sonora plongeait la main dans le bol de pop-corn et se lovait plus étroitement contre Ashton alors qu'ils étaient assis chez elle sur le canapé pour regarder le replay qui venait d'être chargé sur le cloud.

La chienne d'Ashton, Beauty, était enroulée sur le sol à leurs pieds. Une chienne si douce, vraiment.

— *Dans une autre partie de la grange, les plus sages des*

créatures se joignirent à la danse. Oh, attendez. Pas les plus sages…

— Prépare-toi, te voilà.

Sonora donna un petit coup à Ashton.

Il croisa les bras sur son torse et fit semblant de faire la moue.

— Je n'arrive pas à croire que tu as convaincu des gens de cracher l'argent pour que je sois une chèvre.

— La barbe correspond…

Elle couina et se tortilla pour échapper à son contact.

— Ne me chatouille pas. Je dois me concentrer. Apprécier ta performance requiert toute mon attention.

— Bien.

Ashton l'attira à nouveau contre lui, avec un petit rire amusé devant les facéties à l'écran. Lui et ses collègues volontaires qui avaient été sponsorisés pour jouer les chèvres donnaient des coups de pied et faisaient des cabrioles sur la scène. Avec des barbes très longues, ils portaient des chapeaux aux oreilles poilues.

Pour leur clou de leur spectacle, ils se rassemblèrent précipitamment et firent semblant de se grimper sur les dos les uns des autres. En réalité, ils s'étaient beaucoup pliés en deux et étirés, pour qu'au final, les cinq « chèvres » soient alignées en une ligne verticale bien droite.

— C'était très amusant, admit Ashton. Et je suis fier que la tour ait fonctionné. C'était mon idée, révéla-t-il.

— Tu t'es mis en quatre pour éviter que les gens pensent que tu es un ours mal léché.

Cette fois, elle bondit du canapé pour éviter ses doigts.

— Ashton Stewart. Tiens-toi bien !

Il posa le bol de pop-corn sur la table basse et la poursuivit, le spectacle oublié. Le regard d'Ashton devint brûlant, signe avant_coureur du désir dans ses yeux.

— Je pense que nous devons nous mettre d'accord pour effacer cette expression de la mémoire collective de la communauté. Ça devient fatigant.

— *Ours mal léché* ? Vraiment ? Mais ça glisse tellement bien sur la langue !

Elle l'esquiva sur le côté, mais il la rattrapa, l'attirant contre lui.

— Ours mal l...

Ashton couvrit sa bouche de la sienne et interrompit sa taquinerie.

Sonora tendit la main et entrelaça leurs doigts, savourant leur baiser, se délectant de leur union.

Quand ils s'écartèrent, elle posa la question plutôt que de présumer.

— Est-ce que tu peux passer plus de temps avec moi ce soir ?

Ashton fit signe à Beauty de ne pas bouger. La chienne s'étira, puis s'enroula joyeusement devant le feu.

Puis Ashton concentra de nouveau son attention sur Sonora, passant son pouce d'avant en arrière sur ses phalanges alors qu'ils allaient vers la chambre.

— J'espérais que tu me le demanderais. J'ai pris ma matinée aussi, alors nous avons tout le temps que nous voulons.

Un plaisir, c'était sûr. Surtout qu'ils ne se verraient sans doute pas avant janvier, vu combien le jour de Noël et la fin de l'année étaient habituellement chargés.

Une pensée qui la taquinait depuis plusieurs semaines la titilla suffisamment pour que Sonora prenne son courage à deux mains. Se glisser dans le lit serait plus facile, mais ils étaient assez bons amis pour que la question doive être posée.

— Tu as des projets pour la nouvelle année ?

— Comme des résolutions ?

Ashton s'assit sur le lit et l'attira entre ses jambes écartées.

Il grimaça, se souleva légèrement, puis sortit son téléphone de sa poche arrière et le posa près de ses hanches.

— J'essaie de les éviter. Ça ne tient jamais longtemps, de toute façon.

— Je pensais davantage à ta charge de travail. Tu vas célébrer ton soixante-cinquième anniversaire bientôt. Tu penses à ralentir ? À faire d'éventuels projets pour une sorte de retraite ?

— J'y ai pensé, admit Ashton. Parfois, je pense que j'essaie encore d'être à la hauteur de cette promesse que j'ai faite à Walter d'être là pour ses enfants.

Sonora s'immobilisa.

— Oh, Ashton.

— Cet homme était un de mes meilleurs amis, dit-il en secouant la tête. Il est toujours un de mes meilleurs amis. Je jure que j'entends sa voix, parfois. Il me dit ce qui doit être examiné et me balance de nouvelles idées à partager avec Caleb et les autres garçons.

Ashton secoua la tête.

— Ça donne sans doute l'impression que je n'ai pas toute ma tête. Entendre des voix...

— Oh, je ne pense pas que ce soit bizarre du tout, lui assura Sonora d'un ton pince-sans-rire.

Elle ignora le petite rire faible et amusé de son compagnon fantomatique.

Ashton eut un petit rire moqueur.

— Écoute-moi. Caleb et les autres ont plus de trente ans, et je les appelle encore des *garçons*, dit-il en croisant son regard. Je sais que je vieillis. Les journées ne cessent de s'allonger, et le froid est plus vif que jamais. Les ballots sont plus lourds, et le lever de soleil arrive bien trop tôt. Mais j'ai promis que je serais là pour eux, Sonora. Ils ont encore besoin d'un contremaître qui connaît les lieux. Quelqu'un qui doit s'occuper de tous les détails minutieux pour qu'ils puissent se concentrer sur le plus important et être là les uns pour les autres.

Elle ne pouvait pas lui reprocher d'être aussi concerné. Mais elle pouvait essayer de lui rappeler qu'il devait aussi s'occuper de lui-même.

— Ils ont besoin de toi, mais ils n'ont pas besoin de toi à plein temps, suggéra-t-elle. Et puis Walter lui-même serait le premier à te dire que tu mérites de profiter davantage de la vie. Tout comme tu le dis aux *garçons*.

Elle avait insisté sur le dernier mot, et il se mit à rire.

— Je suppose.

Il croisa les bras sur son torse.

Sonora connaissait ce regard.

— Tu prévois d'ignorer cette conversation, n'est-ce pas ? Rien ne changera si tu ne mets pas la machine en route.

— Je vais le faire. Je vais le faire, ronchonna Ashton. Mais pas maintenant. Ce sont les fêtes. Laisse ça de côté. C'est trop à gérer avec les changements en plus du reste.

Sonora parla doucement, mais elle pouvait être insistante quand c'était nécessaire.

— Ce n'est pas si difficile, tu sais. De demander de l'aide. De faire ce qui doit être fait ensuite.

Il lui lança un regard noir.

— Maintenant tu racontes des bêtises.

— Non, vraiment.

Comment l'expliquer à cet homme têtu s'il n'écoutait pas ?

— Et si tu demandais à Tucker de venir pour être ton apprenti ? Ton neveu aimerait beaucoup revenir à Silver Stone. Il a des amis et de la famille ici. Il serait parfait. Maintenant et pour plus tard.

— Je ne peux pas lui demander de quitter son boulot pour venir travailler pour moi.

— Et pourquoi donc ? demanda Sonora en posant les

poings sur les hanches. Si tu veux mon avis, il vous choisirait toi et Silver Stone plutôt qu'une écurie lambda, s'il en avait l'opportunité.

— Bon. D'accord. Je l'appellerai. Après les fêtes, ajouta Ashton.

— Pourquoi est-ce que tu rends ça plus difficile que nécessaire ? demanda Sonora. Au moins, envoie-lui un texto et demande-lui d'y réfléchir. Cela lui donnera le temps de se décider et de gérer peut-être son poste actuel.

— Un texto ?

Elle leva les mains en l'air, la frustration s'imposant enfin et lui volant son calme. Elle attrapa le téléphone d'Ashton qui était posé à côté de ses hanches et l'agita vers lui.

— Rejoins le monde actuel. Les gens aiment envoyer des textos, Ashton. Bon sang, si tu ne veux pas le taper toi-même, tu peux même faire en sorte que ton téléphone le fasse. Dis simplement : « Siri, envoie un texto à Tucker. »

— Et puis quoi ? « Hé, j'ai besoin de toi. Ramène tes fesses ici aussi vite que possible » ?

Ashton se leva et lui prit le téléphone pour le lancer sur la chaise près du lit.

— C'est un adulte, Sonora. Je ne peux pas lui donner des ordres.

— Eh bien, je suis une adulte, et tu n'as aucun problème à essayer de me donner des ordres.

Ashton l'attrapa par la main et l'attira vivement contre son corps.

— Tu aimes ça quand je suis autoritaire.

— Habituellement, admit-elle. Mais si cette partie de la conversation est ton idée de préliminaires, tu ne sais pas ce qui t'attend.

Il passa le pouce sur sa lèvre inférieure. Ralentissant le

mouvement, il la caressa jusqu'à ce qu'elle se détende contre lui. Il haussa un sourcil.

— Tu sais, ton expression d'il y a quelques minutes aurait écorché même un vieux sanglier à la peu dure.

Elle le regarda de haut en bas.

— Ça n'a pas marché.

Il ricana.

— Bon sang, tu me tues, ma chère.

— Seulement dans mes rêves, chéri, dit-elle gaiement, alors même qu'elle reprenait son sang-froid. Je suis désolée. J'ai plus mis mon nez dans tes affaires que je n'aurais dû. En tant qu'amie, je tiens à toi, et je veux te voir t'amuser et rester en bonne santé.

— J'ai bien perçu la bonne intention derrière les coups de fouet, lui assura Ashton avant de remonter la main sur son corps. Excuses acceptées. Nous devrions nous réconcilier avec du sexe.

Elle se mit à rire.

— En quoi le sexe de réconciliation diffère-t-il des autres ébats dont nous profitons ?

— Eh bien...

Il remonta le T-shirt ample de Sonora et le passa par-dessus sa tête, le regard errant sur sa peau comme une caresse. Alors qu'il parlait, il dessina le contour de la vigne sur sa hanche.

— Ce n'est pas aussi rapide et furieux que le sexe contre le mur dans la sellerie. Et moins athlétique que le sexe dans le tracteur, ce qui me va, car je pense que je ne pourrais pas me plier comme ça plus d'une fois dans ma vie.

Amusée, Sonora tira sur le pull d'Ashton pour passer les mains sur ses épaules chaudes et musclées.

— Jusqu'ici, tu me dis ce qu'il n'est pas. Et qu'est-il ?

— Lent, répondit-il en l'attirant vers lui pour déposer un

baiser entre ses seins alors qu'il tendait les mains derrière son dos et dégrafait son soutien-gorge. Avec des baisers partout jusqu'à ce que tu fondes entre mes bras. Jusqu'à ce que tu sois toute mouillée autour de ma queue. Essoufflée alors que tu cries mon prénom.

Waouh. Elle laissa retomber sa tête en arrière alors que les lèvres d'Ashton entouraient son mamelon et en taquinaient l'extrémité.

— D'accord.

Il sourit, le geste tirant légèrement sa peau.

— D'accord, acquiesça-t-il.

Sonora inspira profondément et le laissa prendre le contrôle.

Ashton ouvrit les yeux sur une femme toute chaude lovée contre lui, les lumières de son sapin de Noël scintillant en imitant les lueurs des bougies à l'ancienne.

Il caressa sa peau, savourant la chaleur.

— Bonjour. Tu es réveillée ?

Elle se mit à rire doucement.

— C'est la plus bête des questions.

— Laisse-moi reformuler. Tu as bien dormi ?

Elle déposa un baiser sur son torse, la main posée sur son cœur.

— J'ai dormi longuement et profondément, et pas de blagues. Je me sens très heureuse et détendue, et je veux que rien ne vienne déranger ou gâcher ce moment.

La veille avait été un numéro d'équilibriste, alors il était d'accord. Ils n'avaient pas trouvé de solution...

Ils étaient doués pour ne pas trouver de solution, semblait-il.

— Je vais encore y réfléchir, promit-il. Pour que Tucker vienne m'aider.

Elle hocha la tête.

— Tu veux du café ? Un petit déjeuner ? Ou est-ce que tu vas au réfectoire de Silver Stone ?

Il l'attira au-dessus de lui, souriant de plaisir lorsque ses cheveux gris argenté les recouvrirent.

— J'ai pris la matinée, tu te souviens ?

Le sourire de Sonora était éblouissant.

Des heures plus tard, Ashton sifflait en retournant travailler, ne se souciant même pas qu'on puisse l'entendre alors qu'il entrait dans les écuries de Silver Stone après le déjeuner.

— Ashton. Nom de Dieu !

Son contentement disparut lorsque Luke lui cria dessus.

Ashton s'arrêta brusquement. Qu'est-ce que c'était que ça ?

— Luke ? Tu as perdu la tête ?

— Où étais-tu bon sang ? demanda Luke en le regardant de haut en bas, passant une main dans ses cheveux. Attends, je dois dire aux autres que tu vas bien.

— Les autres ?

Luke sortit son téléphone, faisant filer ses doigts sur l'écran avant de transpercer Ashton d'un regard noir.

— Tu as envoyé à Tucker un fichu S.O.S., puis personne n'est arrivé à te trouver. Nous étions morts d'inquiétude. Tu ne répondais pas à ton téléphone, alors nous avons appelé tous tes amis, mais personne n'avait la moindre idée d'où tu étais.

— J'ai pris ma matinée. C'était sur l'emploi du temps, insista Ashton.

Un gros soupir échappa à Luke.

— Oui, mais bon sang, Ashton ! Tu dois te mettre à la page avec la technologie. Pour une raison ou une autre, ton téléphone a envoyé un texto à trois heures du matin. Tu as fichu la trouille à Tucker. Et au reste d'entre nous.

— Mon téléphone est sur *Ne pas déranger* entre minuit et 6 heures. Mais Caleb, toi et quelques autres pouvez toujours me joindre, insista Ashton.

Luke tendit la main vers lui.

— Donne-le-moi.

Avec l'impression d'être un enfant qu'on réprimande, Ashton sortit son téléphone de sa poche.

Le jeune homme vérifia quelques réglages puis poussa un soupir las. Il leva le téléphone et pointa du doigt le côté.

— La sonnerie. En haut elle est allumée, en bas elle est éteinte.

— Putain.

Ashton était horrifié de leur avoir fait subir tout ce stress.

— Tucker ? demanda-t-il.

— Il est en chemin, répondit Luke en haussant les épaules. Appelle-le. J'ai envoyé un message général annonçant que tu vas bien, mais tu devrais donner suite.

— Tout de suite.

Ashton posa une main sur le bras de Luke.

— Désolé, ajouta-t-il. Je sais que tu as des amis qui arrivent aujourd'hui.

— Et ma sœur aussi rentre, lui rappela Luke avant de rouler des yeux et d'écarter les excuses d'Ashton d'un revers de main. Tout va bien. Viens... nous avons des corvées à remplir. Le contremaître par ici est un vrai dur à cuire.

Ashton se mit à rire, mais il leva son téléphone.

— J'arrive. Je devrais laisser Tucker me crier dessus d'abord.

Luke lui tapota le dos puis s'en alla dans l'écurie.

Il n'y eut pas autant de cris qu'Ashton l'aurait cru, mais tout un tas de soupirs et de plaintes à propos de la technologie et des boomers.

— Je suis déjà en chemin, alors je vais simplement venir pour quelques jours, dit Tucker.

— Viens aussi longtemps que tu pourras, suggéra Ashton. Nous avons beaucoup à rattraper, et ce serait bien de t'avoir dans le coin.

Bien d'avoir peut-être une conversation sur le fait d'être dans le coin pour qu'Ashton puisse passer doucement à autre chose.

Heureusement que les corvées étaient des tâches répétitives qui faisaient travailler seulement les muscles, parce que le cerveau d'Ashton s'emballait. Il souleva des ballots jusqu'à ce que ses bras tremblent d'épuisement, mais il ne parvenait toujours pas à aligner ses pensées correctement.

Voulait-il prendre sa retraite ?

Non. Il n'était pas prêt pour ça, mais il pouvait gérer des ajustements dans sa routine quotidienne.

Des images lui emplirent l'esprit.

Un réveil qui affichait 8 heures et Ashton qui traînait avec un café.

Un bon feu de cheminée avec Sonora assise dans le fauteuil près de lui. Ou encore mieux, sur le canapé avec lui, leurs corps se touchant pendant qu'ils écoutaient de la musique et profitaient d'une soirée ensemble.

Lui roulant pour aller passer la soirée avec ses amis, Sonora agitant la main.

Ses amis le taquinant lorsqu'il se préparait à rentrer, Gary et James se moquant de lui à propos de la femme chaleureuse qu'il était pressé de retrouver...

Ashton laissa tomber le ballot de ses mains et se redressa brusquement. *Putain.*

Ce n'était pas des rêveries sur une semi-retraite. Enfin,

d'accord, certaines l'étaient. Mais le facteur commun… la partie qui n'était absolument pas vraie en ce moment ?

Sonora dans sa vie, et que tout le monde le sache et l'accepte.

Honorer ce qu'il y avait entre eux.

Ashton s'écroula sur le ballot le plus proche et regarda dans le vide. Ça…

Ce n'était pas ce que Sonora avait accepté. C'était logique, parce que ce n'était pas ce qu'ils cherchaient quand ils étaient devenus amants.

Ce qu'ils faisaient – ce qu'ils faisaient depuis un an – il n'y avait rien de mal là-dedans. Mais les choses avaient changé. Il avait changé.

N'est-ce pas ?

Dieu merci, il y avait une tonne de gens autour de lui et beaucoup à faire, parce que les heures suivantes furent assez pénibles, sans qu'Ashton ait besoin de faire appel à ses ressources cérébrales.

Tucker arriva. Son neveu le tapa dans le dos puis le serra fort.

— Je suis content que tu ne sois pas mort, mais si tu me refais ça, je te tuerai.

Ashton se mit à rire.

— Je suis désolé. Prive-moi de téléphone.

— Non, ce que nous allons faire, c'est te donner des cours sur la manière l'utiliser.

Bon sang.

— Ça, c'est méchant.

Tucker sourit.

— Fais-moi visiter pendant quelques heures. Je devrais me coucher de bonne heure. Le réveil à 3 heures du matin, c'était à deux fuseaux horaires d'ici et il y a longtemps.

— Si tu essaies de me faire culpabiliser, ça marche, râla Ashton.

— Bien, répondit Tucker en reculant à temps pour éviter le poing d'Ashton. Pourquoi pas une promenade à cheval d'abord ? Ça me permettra de détendre les courbatures du voyage avant que nous commencions la visite.

La promenade prit deux heures. Ashton profita de ce moment pour tailler la bavette avec son neveu. Ils visitèrent tous les vieux lieux de prédilection que Tucker voulait voir, comme le point de vue sur Heart Falls et l'endroit où les jeunes Luke et Tucker avaient essayé de construire une cabane dans les arbres.

La visite se transforma en dîner dans le réfectoire, puis Tucker disparut dans un des vans pour la nuit.

Ce qui fit qu'Ashton se retrouva seul dans ses quartiers avant 22 heures avec bien trop à penser.

Cette chose qu'il avait avec Sonora était bien. Non... elle était géniale.

Elle était aussi terrible, parce que l'arrangement secret pour du sexe seul menaçait de ne plus suffire rapidement, mais bon sang, Ashton ne savait pas quoi faire à ce sujet.

Il pensa à ce qu'elle avait révélé l'autre nuit. L'idée que quelqu'un qu'on aimait ne disparaissait jamais, même si on le perdait.

Elle aimait encore Greg.

Une vague d'émotion l'envahit, et il fut surpris de découvrir que le sentiment principal était de la jalousie.

Bon sang. Il était jaloux d'un mort.

Ashton passa une main dans ses cheveux et se traita de tous les noms. Il se leva et fit les cent pas entre sa chambre et la cuisine, la frustration la gagnant.

Bien sûr que Sonora aimait encore Greg. Cet homme avait été son premier amour. Ils avaient travaillé ensemble et élevé une enfant. Le temps n'avait aucune raison de diminuer la profondeur de cette affection.

Bon sang, Ashton devrait avouer que presque quatorze ans après leur mort, il aimait encore les Stone, et cela avait été tout à fait platonique et amical uniquement. Sonora et Greg avaient partagé leur intimité...

Ashton repoussa la vive douleur qui le frappait. Ouais. La jalousie était le seul mot pour ça, pour autant qu'il déteste l'admettre.

Ce soir-là, il aurait aimé de tout son être qu'on ait encore besoin de lui dans la maison Stone. Accrocher des décorations et préparer la maison pour le matin de Noël aurait été une distraction bienvenue.

À la place, il était coincé avec ses pensées et ses démons.

Alors il retourna à son habituelle solution quand il avait besoin de réfléchir. Il enfila un manteau et alla vers l'écurie. Si Happy-Go-Lucky fut surpris de le voir arriver, le cheval n'en montra rien, il s'appuya simplement contre Ashton alors qu'il passait la brosse sur ses flancs.

Un animal patient.

Il était tard quand Ashton se coucha, sans solution à l'esprit. Même lorsqu'il se joignit aux Stone pour le déjeuner de Noël, comme la tradition l'exigeait, il passa plus de temps à s'inquiéter du problème qu'à être présent.

Heureusement, Caleb annonça la merveilleuse nouvelle que les finances de Silver Stone n'étaient pas seulement bonnes, mais solides comme le roc. Les choses pourraient changer dans le bon sens.

Et les idées qu'Ashton poursuivait futilement depuis la veille s'agencèrent.

Il ramena Tucker dans son logement, prêt à lâcher la bombe. Il lui fallut quelques minutes pour y arriver, mais au moment où il réussit enfin à le dire, ce fut un soulagement incomparable.

— Puisque je sais que tu préfères que les choses soient planifiées bien à l'avance, une habitude agaçante que tu tiens de tes parents et qui a persisté malgré toutes mes tentatives pour t'en débarrasser, sors tes feuilles de calcul et mets-toi au travail, dit Ashton en croisant le regard de son neveu sans détour. Tu as raison. Je m'intéresse à Sonora.

Il leva un doigt en avertissement.

— Et tu ne dois répéter ça à *personne*. Mais ça signifie que, tôt ou tard, je veux me préparer pour la suite.

— C'est logique. Qu'est-ce que ça a à voir avec moi ?

Ashton laissa les mots franchir ses lèvres.

— Je veux que tu sois prêt pour prendre le relais en tant que contremaître quand le moment sera venu.

Cela avait peut-être été un peu bête qu'il ait eu besoin de l'encouragement de Sonora quelques jours auparavant pour en arriver là, mais maintenant qu'il avait entraperçu le futur, c'était parfaitement logique.

Ashton fit des plans avec Tucker pendant encore une heure avant que son neveu ne prétexte l'épuisement et ne disparaisse pour la soirée.

Contrairement à la veille, Ashton se sentait rempli d'énergie et d'espoir. Cela n'allait pas être facile d'entreprendre un tel changement. Il devrait être très, très patient et très convaincant.

Et malin. La dernière chose qu'il voulait faire, c'était faire fuir Sonora par ses exigences. Cela ne la dérangeait peut-être pas qu'il soit autoritaire pendant le sexe, mais elle avait clairement dit que lui donner des ordres dans les autres moments de leur vie était un non absolu.

Ashton observa les murs de son salon autour de lui et regarda les macramés accrochés. Certains aux couleurs de l'arc-en-ciel, et certains d'un blanc pur. Au cours des trois semaines qui avait suivi le premier qu'elle lui avait offert, deux douzaines d'autres avaient été ajoutés. Il savait très bien que Sonora ressentait une sorte de plaisir pervers à les fabriquer pour lui.

Qui était-il pour refuser ?

Mais alors qu'il les rassemblait pour les déplacer à un nouvel endroit, un par un, il faisait des projets.

12

Il n'était pas facile d'offrir à un homme qui possédait plus ou moins tout ce qu'il voulait – et avait des goûts simples en prime – quelque chose qui lui plaise pour son anniversaire. Surtout quand son neveu et les autres hommes dans sa vie organisaient une fête d'anniversaire surprise et prévoyaient d'emmener Ashton en escapade sans lui faire part des détails de ladite escapade.

Que c'était impoli ! Sonora n'arrivait pas à comprendre pourquoi elle ne recevait pas simplement une copie de chaque décision en rapport avec cet homme. Cela lui aurait certainement facilité la vie.

Elle émit un petit rire alors qu'elle regardait le calendrier et essayait de décider de la solution à son dilemme.

Tu pourrais t'incruster à la fête.

La suggestion fantomatique de Greg lui fit croiser les bras et fusiller encore plus le calendrier du regard.

— C'est ça. Non. La dernière information que j'ai eue de Walker, c'est qu'il y aura plus de vingt gars à la soirée. Je suis sûre que le fait que je me pointe gâcherait le subterfuge *nous ne sommes que des amis acariâtres.*

Tu ne t'incrustes pas à la fête pour eux mais pour Ashton.

— Ashton pourra recevoir son cadeau plus tard. Ce n'est pas comme si la journée en elle-même était magique ou quoi que ce soit.

Je parie qu'il aimerait recevoir son cadeau le jour même.

— Tu es agaçant, comme d'habitude, dit-elle à Greg. Bien sûr, Ashton voudrait que je vienne pour qu'on s'envoie en l'air pour son anniversaire. Il aimerait qu'on s'envoie en l'air tous les jours si c'était possible.

Elle marqua une pause. Enfin, peut-être que ce n'était pas vrai. Leurs exploits continus étaient encore distrayants et enthousiastes, mais ils n'étaient plus aussi réguliers qu'avant.

En fait, des semaines entières avaient commencé à s'écouler entre les moments où ils se déshabillaient. La chose la plus étrange était qu'elle n'y avait pas vraiment pris garde, ce qui l'interloquait nettement.

Non qu'elle ne se soit pas rendu compte du manque de nudité, mais ils semblaient toujours avoir quelque chose d'autre à faire de plus urgent.

Parfois, ils finissaient sur le canapé, parlant de choses qui s'étaient passées à Silver Stone. Ou quand elle avait eu des problèmes avec le refuge pour animaux et avait dû réfléchir à la meilleure chose à faire, ils avaient cogité ensemble.

Se déshabiller après ces instants n'avait pas semblé nécessaire. Passer du temps ensemble avait été agréable d'une tout autre manière. Elle n'allait pas s'en plaindre.

En revanche, moins de sexe voulait dire qu'Ashton semblait avoir plus de temps et d'énergie pour s'attirer des ennuis. Au cours des dernières semaines, il l'avait agacée deux fois sans même essayer.

Ou peut-être qu'il essayait et réussissait vraiment.

D'abord, elle avait découvert qu'il avait passé une commande pour le refuge en utilisant les relations de Silver Stone. Ce qui était gentil de sa part et lui épargnait potentiellement de l'argent, seulement elle avait déjà engagé des ressources et avait fini par devoir jongler avec la banque pour que les choses s'équilibrent.

Puis, plus tôt dans le mois, elle avait ouvert la porte et découvert Brooke Klassen qui se tenait là avec un énorme sourire, son mari agitant la main depuis le parking.

— Je viens juste prendre vos clés, avait lancé Brooke, la main tendue.

Sonora l'avait regardée, confuse.

— Mes clés ?

— Ouais. Je vais la conduire.

Une partie de la conversation semblait lui échapper. Sonora avait de nouveau essayé.

— Tu veux mes clés.

Elle avait regardé derrière Brooke. Mack était assis au volant de leur camionnette.

— Y a-t-il quelque chose qui ne va pas avec la tienne ? Ça ne me dérange pas de te prêter ma voiture, mais...

— Oh, non. Désolée. Je croyais que vous saviez. Ashton s'est arrangé avec papa et moi pour qu'on fasse une révision et un contrôle des pneus pour vous. Je peux vous prendre aujourd'hui et avoir terminé mercredi.

Sonora avait tenu sa langue. Elle n'allait pas s'en prendre à Brooke parce que le timing n'était pas génial. Sonora était attendue en ville ce mardi-là. Elle devrait demander à une des filles de venir la chercher, ce qu'elle détestait faire lors de leur jour de repos.

Malgré tout, elle avait pu encaisser les coups.

— Je vais les chercher, avait proposé Sonora.

— Parfait, avait répondu Brooke en se frottant les bras par-dessus son manteau. Il fait froid ce matin.

— Heureusement qu'aucune de nous deux ne doit travailler dehors. Je m'estime chanceuse chaque jour, avait dit Sonora en déposant les clés dans la main de Brooke. Mack et toi, vous voulez venir dîner cette semaine ?

— Ça me plairait, avait répondu Brooke. Nous faisons des rénovations dans la maison, et s'éloigner de la pagaille ferait un changement agréable.

Ses plans arrangés, Sonora avait agité la main puis fermé la porte et laissé échapper un énorme soupir.

Elle n'avait pas su quoi faire. Envoyer à Ashton un message disant : *Merci de m'aider à m'occuper de ma camionnette ?* Ou l'insulter et le frapper avec un avertissement disant : *Ne programme jamais quelque chose pour moi sans me le demander ?*

Elle aimait qu'il pense à l'aider. Vraiment.

Sonora était retournée à sa place devant le feu et avait décidé que la bonne réponse serait sûrement de ne pas répondre.

Quel homme frustrant.

Une semaine plus tard, avec sa camionnette revenue à sa place, Sonora faisait face à un nouveau dilemme. Malgré ses erreurs au cours des dernières semaines, aujourd'hui c'était l'anniversaire d'Ashton. Célébrer les anniversaires était une règle de la vie, et elle n'allait pas gâcher cette habitude maintenant.

D'autant plus que soixante-cinq ans était une étape importante, et ils étaient amis depuis des années. Alors qu'est-ce que ça faisait si la fête surprise que Tucker avait organisée pour son oncle rendait la livraison du cadeau d'Ashton un peu plus compliquée que d'habitude ? Elle aimait les défis.

Mais elle avait besoin d'aide. La logistique serait trop difficile autrement.

Sonora s'arrêta sur le côté de la maison, à côté du SUV familial de Lisa et Josiah. Il était encore assez tôt pour que Josiah soit toujours au cabinet vétérinaire, et que le reste des participants soient loin de là.

Lisa ? Elle savait comment garder un secret.

Sonora s'avança vers la porte de derrière et entra.

— Lisa ?

— Par ici.

De la musique pour enfants jouait gaiement à l'arrière, et des rires enfantins et des discussions guidèrent Sonora dans le salon, où Lisa supervisait sa fille, Zoë, et son neveu, Tyler. Les bambins avaient tous deux moins de trois ans, faisaient partie de la même famille et à l'évidence étaient très proches.

Jusqu'à ce que Zoë vole un camion directement des doigts de Tyler, et qu'il crie de frustration.

— Bienvenue dans le chaos, lança Lisa à Sonora avec un rire. Zoë, partager ne veut pas dire que tu peux *prendre* le jouet de ton cousin. Rends-le-lui.

Sonora prenait plaisir à voir Lisa s'occuper patiemment des petits.

— Je ne veux pas te priver de ton divertissement.

— Vous pouvez aller dans la cabane de jeu pour faire ce que vous avez à faire. J'ai sorti le matelas pneumatique ce matin et je l'ai recouvert de draps. Et il y a un chauffage électrique sur l'étagère. Éteignez-le quand vous aurez terminé.

Lisa fit semblant de placer une clé sur ses lèvres et de la tourner.

— Je jure que je ne sais rien, conclut-elle.

Sonora se pencha et embrassa Lisa sur le front. La jeune femme était devenue une bonne amie au cours des deux dernières années. Elle avait aussi l'esprit vif et semblait étrangement être au courant de toutes les rumeurs de la communauté.

Que Lisa ait déjà découvert ce que Sonora et Ashton faisaient était couru d'avance.

— La vérité, c'est que tu sais tout, trésor. Et je t'apprécie comme ça.

— J'espère seulement que je jouerai des tours pareils quand j'aurai soixante ans, dit Lisa avec un grand sourire. En fait, *Josiah* espère que je jouerai des tours pareils quand j'aurai soixante ans.

Leurs rires s'épanchèrent librement alors que Sonora quittait la pièce et allait effectuer les derniers préparatifs.

Revenant sur la scène du crime ce soir-là, Sonora inspira profondément puis s'avança prudemment vers la cabane de jeu. Elle suivit les ombres du mieux qu'elle put jusqu'à ce qu'elle n'ait plus qu'une brève ascension pour monter la rampe de la cabane. La couche de neige sous ses pieds craquait à chaque pas, et la température semblait baisser à chaque pas qu'elle faisait. Alors qu'elle se pressait dans la cour sombre, la robe de chambre qu'elle avait tirée autour d'elle flottait au vent.

Il faisait un froid de canard. Dieu merci, le radiateur l'attendait dans la cabane et la couverture électrique chauffait.

Sonora approcha une allumette de la bougie à la fenêtre puis tendit la main vers son téléphone. Maintenant, la partie épineuse. Et si Ashton avait laissé *son* téléphone à la maison ? Et s'il ne répondait pas, tout simplement ?

La vérité était que si tous ses efforts échouaient ce soir-là, ça ne dérangerait pas Sonora du tout. Le but était qu'Ashton passe une merveilleuse soirée. Si cela se produisait sans son aide, qu'il en soit ainsi.

Elle tapa son message puis croisa les doigts et appuya sur *Envoyer*.

Sonora : Joyeux anniversaire. Tu t'amuses ?

Ashton n'avait eu l'intention de s'éloigner de sa fête que pendant quelques minutes, mais après avoir vu une silhouette mystérieuse filer à travers la cour, il avait été trop curieux pour résister à l'envie de vérifier.

Le bois craqua sous ses pieds alors qu'il montait la rampe vers la cabane de jeu que Josiah Ryder avait construite dans son jardin. En matière de cabane, elle était très jolie, avec de vraies fenêtres et une porte qu'Ashton poussa pour découvrir Sonora emmitouflée dans une couverture, le regard quittant brusquement son téléphone pour croiser le sien.

— Sonora ? Qu'est-ce que c'est que ce bazar ?

L'amusement de Sonora était bien trop évident.

— Eh bien, j'espère avoir à nouveau une réponse aussi rapide la prochaine fois que j'enverrai un texto.

Ashton referma la porte, baissant légèrement la tête en même temps. Étonnamment, il y avait du chauffage dans la cabane, ce qui le rendit encore plus perplexe.

— Qu'est-ce que tu fais ici ?

Le petit espace de deux mètres cinquante sur deux mètres cinquante était essentiellement rempli par un matelas pneumatique et des tonnes de coussins et de couvertures.

Sonora lui attrapa la main.

— J'attendais de t'offrir ton cadeau d'anniversaire.

Elle l'attira vers elle. Le geste inattendu le fit tomber à genoux sur le matelas, qui se balança légèrement alors qu'il cherchait à retrouver son équilibre.

— *Sonora.*

Une rapide poussée sur ses épaules le fit tomber sur le dos. Un instant plus tard, elle enfourchait ses hanches.

O.K., ça lui plaisait. Ça plaisait beaucoup à Ashton.

L'expression qu'elle arborait quand elle faisait des bêtises apparut, familière et bienvenue.

— Je sais. Tu fêtes ton anniversaire avec tes amis. Loin de moi l'idée de te déranger.

Il se mit à rire, prenant instinctivement ses hanches dans ses paumes.

— Le fait que tu sois là, avec ce qui semble être un lit et des intentions douteuses, est la franche définition de me déranger.

Cette femme douce et tentante pressa les mains sur son torse et se rapprocha. Ses longs cheveux tombaient autour de son visage, elle était belle comme un ange alors qu'il regardait ses yeux rieurs. Les lèvres à quelques centimètres des siennes, elle eut un petit rire.

— Des intentions *douteuses* ? J'espérais qu'elles étaient plutôt évidentes.

Ashton glissa une main sur son dos et entremêla les doigts dans ses cheveux. En tirant légèrement dessus, il avait ajusté l'angle pour pouvoir l'embrasser, ses lèvres fermes contre les siennes alors qu'il prenait le contrôle. La chaleur entre eux était intense et grimpait vite, comme toujours.

Il roula, l'entraînant avec lui, et s'installa entre ses cuisses. Le matelas pneumatique remua légèrement, mais il était suffisamment ferme pour leurs desseins, ici et maintenant. La chaleur les enveloppa, irradiant du radiateur posé dans le coin du petit espace.

On ne pouvait pas se méprendre sur ce que Sonora voulait, et peut-être qu'il était un fumier, parce qu'il était prêt à ignorer ses amis pendant un moment pour accepter son cadeau.

Sonora s'humecta les lèvres, et si Ashton avait eu

l'honorable intention de lui demander de remettre ça à plus tard, elle disparut dans un brasier de passion et de désir.

C'était elle qui était censée le séduire, mais soudain, ce fut elle qui se retrouvait follement attirée, tentée par chaque mouvement de ses lèvres contre les siennes pour les lier plus étroitement.

Pour le goûter, l'accepter. Pour savourer l'excitation de sa peau alors qu'il s'appuyait sur un bras et lui souriait, le péché brillant dans ses yeux.

Les doigts d'Ashton sur la ceinture de sa robe de chambre se déplaçaient avec un tel talent que l'amusement gagna aussi Sonora.

— Tu es très doué pour ça.

— La pratique mène à la perfection. Seigneur. Ce que tu me fais…

Il écarta le tissu et prit un de ses seins dans sa grande paume, le fixant comme s'il avait découvert un chef-d'œuvre.

Qu'il la regarde comme ça lui donnait la sensation d'être précieuse. Cela avait toujours été le cas.

Sonora lui passa les doigts dans les cheveux, lui caressa les épaules et tendit la main pour lui caresser le dos. Ashton déposa des baisers le long de son corps, et ce n'était pas là qu'elle avait prévu que l'aventure les mène, mais faire changer de voie à Ashton était impossible.

— C'est *toi* qui es censé recevoir un cadeau, râla-t-elle avant de hoqueter.

Ashton avait glissé une main dans sa petite culotte et avait trouvé sans se tromper le parfait endroit pour la faire décoller.

— J'ai mon cadeau, dit Ashton. Il est parfait. Mais pas exactement de la bonne couleur.

Elle examina son visage, confuse.

Ashton lui retira brusquement sa petite culotte puis se repositionna entre ses cuisses.

— Ouais, j'aime quand les choses sont un peu plus roses, pas toi ?

Il plaça ses mains sous ses fesses et souleva son sexe vers sa bouche, l'entraînant goulûment plus haut à chaque passage de sa langue sur son clitoris, chaque caresse entre ses replis, chaque plongée dans son intimité… chacun parfait et soutirant une réaction incontrôlable à son corps.

— Douce Sonora, souffla Ashton contre elle, la chaleur de son souffle caressant l'humidité qu'il avait créée. J'aime ton goût. La manière dont tu trempes mes doigts et m'enserre étroitement. Je te veux en fusion avant que tu glisses sur ma queue.

— Continue à parler, supplia Sonora avant de se rendre compte que c'était une horrible idée. Non, arrête de parler et utilise ta langue. S'il te plaît.

Il se mit à rire, la taquinant avec son menton rugueux, frôlant lentement la peau de Sonora qu'il avait rendue si sensible avec son baiser qu'il la fit frissonner jusqu'à la nuque.

Puis sa bouche se posa à nouveau sur elle et il glissa les doigts dans son intimité, les faisant sortir lentement, les glissant de nouveau à l'intérieur. Encore et encore, jusqu'à ce qu'elle soit essoufflée, sa poitrine se balançant alors qu'elle guettait la jouissance.

— Ashton.

Un ordre ? Une requête, peut-être.

Il prit ça pour un appel à passer à l'action. Il se redressa et libéra son membre. Les doigts entre ses cuisses, il en guida le bout dans sa chaleur.

Sonora écarta les jambes, l'accueillant à l'intérieur. Heureusement, ils n'avaient plus besoin de préservatifs. Inutile de perdre du temps à jongler avec cette complication. Elle prit son visage entre ses paumes et le regarda dans les yeux.

Il s'enfonça dans un mouvement ferme.

Elle ferma les yeux, surprise comme toujours par le plaisir intense de leur union. L'avoir en elle, brûlant, dur et parfait. Sonora enroula les doigts autour de ses biceps et caressa ses muscles durs. Sa chemise en flanelle était douce contre le bout de ses doigts, et dessous, la force de son corps était présente dans chaque mouvement. Dans la manière dont il se tenait au-dessus d'elle, appuyé sur un bras. La manière dont il gardait son autre main entre eux, jouant avec son clitoris moite.

À chaque mouvement des hanches d'Ashton, ses doigts glissaient sur les nerfs sensibles, et l'orgasme qui s'était un peu éloigné se rapprocha, déferlant presque.

Ce qu'il y avait entre eux était bon. Tellement bon, comment pouvait-elle ne pas le désirer ?

— Plus fort.

Sonora enfonça les ongles dans son dos.

Ashton jura doucement mais augmenta le rythme. Les muscles de son postérieur durs comme de la pierre se serrèrent alors qu'il projetait les hanches en avant. Son souffle s'échappait en hoquets vifs, et un plaisir brûlant marquait ses traits.

Le rythme rapide suffisait à la faire décoller, son membre en elle caressait tous les bons endroits. Ajoutez à cela ses doigts sur son clitoris, et Sonora était fichue.

— *Ashton.*

Elle hoqueta son prénom tandis que son sexe se contractait autour de lui. Il ralentit instantanément, n'interrompant pas son plaisir mais le prolongeant. Des gémissements lui échappèrent alors qu'Ashton allait et venait au rythme de son intimité palpitante, envoyant une nouvelle vague de plaisir en elle, sans relâche.

Il tint une douzaine de mouvements après l'orgasme de Sonora, s'enfonçant profondément et s'immobilisant alors que ses bras tremblaient et que ses hanches frissonnaient.

Sonora n'arrivait pas à ouvrir les yeux. Elle était comme un cornet de glace fondue lors d'une journée d'été, dégoulinant dans un doux gâchis.

— Je ne bougerai plus jamais, dit-elle.

Ashton se retira avec un grognement puis s'installa à côté d'elle, l'attirant contre lui. Il tira les pans de sa robe de chambre sur son corps puis lui plaça la tête sous son menton.

— Tu vas peut-être trouver que vivre dans la cabane de jeu est un peu gênant.

— Ça en vaut la peine, chuchota-t-elle.

Le silence les entoura. Sonora lui tapota doucement le torse des doigts.

— Joyeux anniversaire.

Il resta silencieux un instant avant de poser ses lèvres sur son front.

— Merci pour mon cadeau. C'est exactement ce que je voulais.

Sous les paumes de Sonora, son cœur battait à un rythme régulier.

Elle inspira profondément et prit un ton sincère et assuré.

— Tu es un homme facile à rendre heureux. Ça aide que nous fassions ça depuis un moment. Nous maîtrisons sur le bout des doigts le fait de partager et de profiter l'un de l'autre. Pas d'autres attentes, pas d'autres personnes qui gênent. Juste nous, comme nous l'avions promis.

Aussi triste que cette pensée la rende maintenant.

Ashton s'immobilisa. Il resta ainsi pendant plus longtemps qu'elle s'y attendait, puis il hocha finalement la tête.

— C'est ça. Comme nous l'avions promis.

Cinq minutes plus tard, ils étaient tous deux habillés.

Après un dernier baiser, il retourna à sa fête d'anniversaire.

Sonora rassembla ses affaires en piles ordonnées à récupérer le lendemain, puis traversa silencieusement la cour pour rejoindre l'endroit où elle avait laissé sa camionnette.

Sur le trajet du retour, elle alterna entre sourire et moue de léger déplaisir. Cela avait été une bonne soirée, elle en était sûre. Chez elle, elle se lova dans son lit, s'attardant sur la sensation de contentement d'avoir apporté de la joie à Ashton.

Elle se réveilla le lendemain avec le cerveau brumeux et les traces d'un cauchemar qui s'attardait. Quelque chose avec des maisons vides emplies de fantômes malheureux, qui pleuraient tous comme si leurs cœurs se brisaient.

13

Septembre, année en cours

La douce et merveilleuse Sonora Fallen le faisait tourner en bourrique.

Ashton avait essayé tout ce qu'il pouvait au cours des derniers mois pour les faire passer tranquillement à une nouvelle étape de leur relation, mais rien ne semblait fonctionner.

Ce n'était pas seulement un refus de sa part, il devait l'admettre. Le monde entier avait conspiré à rendre la suite presque impossible. Silver Stone avait eu plus d'une urgence, et Tucker avait eu besoin de conseils pendant qu'il s'investissait dans son nouveau rôle d'assistant contremaître.

Il y avait eu d'heureux événements familiaux et des amis qui avaient demandé de l'aide, et Ashton considérait chacune de ces occasions comme un privilège et une responsabilité.

À ce stade, la patience était peut-être une vertu, mais la sienne était à bout.

Malgré tout, être assis en face de Gary au Longview était une chose à célébrer.

Ashton leva son verre.

— À ton bon bilan de santé.

Gary inspira profondément avant de laisser ses épaules se détendre et un sourire apparaître.

— À toi, qui m'as tenu la main pendant bien trop de journées tordues à m'inquiéter et pendant les rendez-vous chez le médecin et les traitements contre le cancer.

Le diagnostic du cancer émis à l'improviste avait pris Gary au dépourvu. Heureusement, le cancer de la vessie avait été dépisté assez tôt, et le traitement s'était bien déroulé. Mais des mois étaient passés en un éclair pendant qu'ils s'occupaient de la suite.

Être là, célébrer la vie, c'était important.

— Nous sommes amis. Je serai toujours là pour toi, dans les pires moments comme dans les meilleurs, lui assura Ashton. Mais de rien.

Deux steaks géants arrivèrent, et les instants qui suivirent furent consacrés à la logistique pour savourer le merveilleux repas de remerciement que Gary avait organisé.

Gary eut un rire joyeux malgré sa bouchée de steak, puis secoua sa fourchette en direction d'Ashton.

— Sonora adorerait la truite grise. Mais elle n'est sur le menu que pour les deux prochaines semaines.

Ashton hocha la tête. En juin, il avait enfin avoué son but concernant Sonora à Gary, et depuis lors celui-ci avait fait de son mieux pour non seulement le soutenir, mais aussi offrir toutes sortes de conseils de rencard.

Son ami le regarda fixement pendant un instant avant de secouer la tête.

— Est-ce que tu lui as seulement demandé ? D'aller à un vrai rendez-vous avec toi ?

— Oui, répondit Ashton honnêtement. Elle était occupée.

Gary haussa un sourcil.

— Laisse-moi récapituler. Tu lui as dit : *Sonora, j'aimerais t'emmener au* Longview *pour dîner. Allons-y mercredi.* Et elle a dit non.

— Oui. Et non.

— Bordel, dit Gary en posant les coudes sur la table. Explique-toi.

— J'ai dit : *Il y a de la truite au menu au* Longview. Elle a dit : *C'est une merveilleuse nouvelle.* Puis nous avons couché ensemble.

Gary se prit la tête entre les mains. Ses épaules remuèrent, et quand il leva les yeux vers Ashton, son amusement était visible, mais aussi autre chose.

— Tu te rends compte que cette phrase me donne simultanément envie de t'applaudir et de te mettre mon poing dans la figure.

— *Une merveilleuse nouvelle* ?

— *Nous avons couché ensemble*, répliqua Gary.

Un serveur qui passait écarquilla les yeux, et Ashton se mit à rire devant l'expression horrifiée de son ami.

Gary se racla la gorge et baissa la voix.

— Je veux dire, *vous avez couché ensemble*, avec Sonora. Parce que même si je suis heureux que tu enflammes encore les draps, tu ne crois pas qu'il serait temps de passer à autre chose ?

— J'essaie, insista Ashton. Ça a été…

Son explication tourna court. Impossible qu'il donne à Gary la moindre impression que lui avoir accordé du temps avait été une corvée.

Ou d'en avoir accordé à Silver Stone.

À Caleb, à Walker.

Il y avait eu de petites mais importantes évolutions au cours de l'année, et Ashton était très heureux d'y avoir pris part.

Construire un ajout à la maison de Walker et Ivy, qui se préparaient à agrandir la famille en adoptant. Aider la fille aînée de Caleb, Sasha, à renforcer ses compétences en équitation. Passer du temps avec le grand-père de Kelli, qui s'était mis à venir régulièrement au ranch.

Ashton croisa le regard de son ami sans détour et énonça clairement les choses :

— Sonora et moi sommes amis et nous le sommes depuis longtemps. Si ça met un peu plus longtemps pour passer à la suite, ainsi soit-il. En attendant, nous faisons encore ce qui nous rend heureux. Fais-moi confiance là-dessus. Je suis absolument déterminé à être là pour elle.

Gary soupira mais hocha la tête.

— Je sais. Et bon sang, je suis le dernier homme qui devrait essayer de te donner des conseils sur tes relations. La mère de ma fille n'est pas restée assez longtemps pour voir Brooke aller à l'école, alors c'est surtout parce que je veux te voir heureux.

— Et je le suis, avança Ashton.

Son ami se mit à sourire.

— Mon Dieu, nous sommes loin d'être assez saouls pour avoir cette conversation.

— N'est-ce pas ? fit Ashton en posant une main sur l'épaule de Gary, qu'il étreignit. Tu m'offres un dessert, non ? Pour compenser toutes ces foutaises dégoulinantes d'émotion.

— Absolument.

Mais en sortant, Ashton parla avec la serveuse et s'arrangea pour qu'on lui mette une crème brûlée au chocolat dans un doggy bag.

Quand il eut déposé Gary au garage, Ashton alla chez Sonora.

Le ciel s'animait de tout une palette de couleurs au coucher de soleil, nuançant les nuages au-dessus de lui de rouge et d'or alors qu'il passait derrière les montagnes.

Ashton s'approcha de la balancelle qu'il avait installée pour Sonora un an auparavant. Elle était étendue sur le siège, se balançant doucement dans la brise vespérale.

— Hé.

Il s'installa près d'elle et l'embrassa sur la joue.

— Je t'ai apporté un cadeau.

Elle ouvrit la boîte avec enthousiasme.

— Oh là, là. As-tu entendu mon ventre gargouiller depuis le restaurant ?

— Tu as toujours de la place pour un dessert, dit-il.

Puis il sortit la fourchette qu'il avait cachée dans sa poche et la lui offrit aussi.

Le sourire de Sonora rivalisait avec le ciel étincelant.

— On partage ?

— Bien sûr.

Ashton ouvrit docilement la bouche lorsqu'elle lui offrit la première bouchée. La douceur roula sur sa langue, mais pour chaque bouchée qu'il consommait, c'était son goût à elle qu'il désirait. La langue de Sonora léchant les dents de la fourchette et le bruit gourmand qu'elle faisait en fermant les yeux et en avalant lentement ne faisait qu'embraser son désir.

Ashton brûlait d'envie non seulement qu'elle le touche, mais il avait aussi très envie d'*elle*.

Il prit la boîte vide des mains de Sonora et la posa sur le sol près de la balancelle. Puis il passa son bras autour d'elle alors qu'elle se pressait contre lui, regardant les montagnes lointaines.

Il aurait dû dire quelque chose, lui dire combien elle était importante pour lui, lui dire qu'il voulait qu'elle lui fasse des macramés criards et le réprimande de travailler trop dur.

Mais lorsqu'elle soupira et posa une main sur sa joue, il ne put tout simplement pas. Il ne pouvait pas briser cet équilibre parfait entre eux qui leur permettait d'être exactement qui ils étaient. Pas de personnalités tranchantes, pas de compromis ou de méchanceté ou de décisions gênantes. Juste Sonora. Juste Ashton.

— C'est vraiment magnifique, dit Sonora doucement.

Elle entrelaça leurs doigts et regarda le ciel qui s'assombrissait.

— Vraiment magnifique, répondit Ashton.

Il la regarda et espéra un miracle. Que la sagesse, le courage ou *quelque chose* lui permette d'abandonner ses peurs et d'enfin faire les choses correctement.

L'AUTOMNE AVAIT DISPARU dans un éclair jaune et rouge, les températures en Alberta chutant pour une fois assez violemment et rapidement pour que les feuilles changent de couleur au lieu de passer directement du vert au marron et de tomber par terre.

Après quelques semaines merveilleuses, l'hiver arriva, plus doux que d'habitude. Des températures glaciales, mais seulement un peu de neige. Tout le paysage se transforma en tache de marron et de gris.

Quand la neige arriva enfin, ce fut un soulagement. Sonora commençait à se préparer pour l'agitation de la saison des fêtes. Entre sa famille et le refuge, il y avait toujours de quoi la distraire.

Et aussi, Ashton. Juste... Ashton.

Si une chose avait été constante cette année, c'était qu'elle l'avait beaucoup eu à l'esprit. Il avait partagé son lit mais il n'avait pas nécessairement été aussi présent que l'année précédente.

Si tu es sur le point de te plaindre qu'Ashton n'a pas été très présent, tu devrais peut-être voir le relevé temporel que j'ai fait. La réalité, pas ton impression de la réalité.

Sonora s'arrêta net, jetant un coup d'œil autour d'elle et souhaitant que Greg ait un corps physique qu'elle puisse frapper.

— Un relevé ?

Du temps que vous passez ensemble.

Elle n'arrivait pas à le croire.

— C'est déjà assez grave que tu traînes et que tu parles ouvertement de toutes les choses que je préférerais ignorer, mais mentionner des *relevés* dépasse les bornes.

Son fantôme était clairement amusé.

Tu n'as jamais surmonté ta peur des maths, n'est-ce pas, trésor ?

Bien. Ashton et elle passaient beaucoup de temps ensemble. Même s'ils étaient tous deux des personnes très occupées, ils faisaient des choses ensemble comme discuter, coucher ensemble et se détendre.

Mais l'impression que quelque chose s'était détraqué avait continué à grandir. Sonora avait considéré que c'était lui qui acceptait ses peurs pour Gary. Mais récemment, elle avait vu quelque chose dans le regard d'Ashton qui faisait qu'elle se demandait s'ils approchaient de la fin.

Il était plus silencieux, plus pensif.

Elle pouvait difficilement avoir des regrets à propos de leur passé, mais l'idée de ne pas pouvoir être avec lui…

Ça lui faisait mal.

Malgré tout, quand Ashton arriva chez elle le premier samedi de décembre, elle était prête à écarter ses peurs et à accepter le baiser fougueux qu'il pressa contre ses lèvres.

Il s'écarta, lui caressant la joue.

— Désolé. J'aurais dû te demander d'abord si tu avais quelque chose de prévu.

Elle pensa entendre quelque chose au loin, mais il avait les mains posées sur elle, et elle n'arrivait pas à se concentrer. Elle ne se souciait plus d'avoir perdu toute résolution parce qu'elle avait envie de ça. Elle avait encore envie de lui.

Il semblait qu'elle était masochiste. S'il avait des projets pour qu'ils ralentissent, se calment, changent de trajectoire… aucune de ces idées n'avait la moindre importance.

Sonora leva la tête vers lui et accepta son baiser. Elle se saisit de la passion, du plaisir et de ce lien, et elle repoussa ses inquiétudes et ses peurs.

Cet instant, ce moment. Cet endroit était tout ce qu'ils avaient, et elle allait en profiter.

Des mains talentueuses erraient sur son corps avec une connaissance fondée sur des années d'expérience.

Ashton déboutonna son chemisier et déposa des baisers le long de son soutien-gorge.

— Je n'arrive jamais à me décider sur ce que je préfère. Que tu sois nue dans mon lit et que nous prenions tout notre temps ou bien ces moments où il m'en faut toujours plus, le plus vite possible.

— Les deux.

Sonora prononça à peine les deux mots avant de hoqueter lorsque les dents d'Ashton frôlèrent le bout de son mamelon à travers son soutien-gorge.

Un *bang, bang, bang* résonna à la porte d'entrée.

Sonora jura. Ashton jura. Ils rirent tous deux, alors qu'ils se séparaient.

— La porte est fermée à clé ? chuchota Ashton, son regard brûlant toujours soudé à sa poitrine.

L'avant de son chemisier était ouvert, sa peau dévoilée. Elle répondit du même ton bas :

— Oui.

— Alors viens là, gronda-t-il en l'attirant vers lui.

Déchirée entre l'envie d'ignorer la personne qui était dehors et l'idée que c'était un ange qui la sauvait d'un instant de folie, Sonora lança un coup d'œil par la fenêtre.

— Je suis la seule dans le coin pour le refuge. Je dois répondre.

Ashton grogna, mais il la lâcha.

— Bien. Mais fais-les vite partir. Je vais t'attendre dans la chambre.

Son téléphone sonna, et il jura. Il le sortit de sa poche et éteignit la sonnerie aussi vite que possible alors qu'il regardait les messages qui apparaissaient désormais sur l'écran.

— Le travail ?

— Caleb, chuchota Ashton. Merde. Il a besoin de moi dans les écuries.

— Je vais distraire la personne à la porte pour que tu puisses partir.

Peut-être que c'était pour le mieux. Faire une pause pourrait être synonyme de temps pour se remettre les idées en place avant qu'ils ne creusent plus profondément cette tombe. Elle se tourna vers la porte et lança d'une voix forte :

— Une minute.

Il fronça les sourcils, toutes ses options éliminées en un instant. Il ajusta son pantalon et rentra sa chemise tout en lui parlant.

— Bien. Mais appelle-moi quand tu pourras.

— Bien sûr.

Alors qu'Ashton qui se dirigeait vers ses bottes puis la porte de derrière, Sonora se dépêcha de se ressaisir. Elle reboutonna son chemisier et remonta ses cheveux en un chignon désordonné.

Un rapide coup d'œil dans le miroir du hall d'entrée lui renvoya des yeux trop brillants et des joues très rouges, mais elle devrait se débrouiller. Elle lança un coup d'œil par-dessus son épaule pour s'assurer qu'Ashton était sorti.

Parti, mais son cœur était toujours emballé. Ils devenaient vraiment un peu vieux pour ces bêtises de cachotteries.

Sonora se composa une expression calme et ouvrit la porte pour découvrir Yvette et Alex, tous deux affichant des sourires démesurés.

— Yvette. Alex. Bonjour.

— Bonjour.

Yvette avait l'air un peu contrit et soulevait un panier.

— Le refuge est fermé, et j'ai trouvé des chatons abandonnés.

— Oh. Bien sûr. Entrez.

Sonora s'écarta et leur fit signe d'entrer. Elle avait besoin de bien synchroniser ça pour qu'Ashton puisse partir avant que quelqu'un ne le remarque.

— Cela ne me prendra qu'une minute pour prendre mes affaires, continua-t-elle.

— Nous pouvons rester dehors, proposa Yvette.

— Non, non. Absolument pas. Mettez-vous au chaud. J'insiste.

Sonora attaqua pratiquement Alex, l'attrapa par le bras et le tira brusquement dans la maison pour pouvoir fermer la porte fermement derrière lui.

— Restez là.

Elle se retourna et alla vers le mur latéral où ses bottes d'hiver et ses manteaux l'attendaient.

— Comment allez-vous ? demanda Alex.

Était-ce de l'amusement dans sa voix ? Est-ce qu'ils savaient ?

Eh bien, si c'était le cas, il y avait de bonnes chances pour qu'ils fassent comme si ce n'était pas le cas, comme tout le monde en ville. Si *elle* ignorait la camionnette qui roulait presque silencieusement sous les fenêtres de son salon, alors eux aussi.

Malgré tout, Sonora changea de position pour qu'Yvette et Alex tournent le dos aux fenêtres afin de continuer à lui faire face. Les gens ne cessaient jamais d'essayer d'être polis.

— Bien. Je suis juste paresseuse.

Elle prit son temps, laissant largement le temps à la camionnette d'Ashton de quitter l'allée. Puis elle alla vers la grange, accueillant le jeune couple dans la chaleur à l'odeur sucrée.

— Nous allons au *Rough Cut* pour préparer les colis alimentaires caritatifs, lança Yvette. Mais il me semblait que nous devions les déposer avant d'y aller. Je leur ai fait leurs premières injections, alors c'est déjà ça de fait.

— Tu as une idée de qui les a laissés chez toi ? Ils étaient à la clinique, non ? demanda Sonora en se glissant derrière le bureau avant de sortir les formulaires dont ils avaient besoin.

— Aucune idée, dit Yvette. Tenez, laissez-nous vous aider.

Ils avaient tous passé du temps à gérer le refuge depuis que Sonora l'avait ouvert. Un instant plus tard, Alex avait attrapé un formulaire, Yvette un autre, et tous trois se mirent au travail pour remplir rapidement toutes les informations nécessaires pour de futures adoptions de chatons.

Une fois l'interlude interrompu avec Ashton mis de côté, Sonora se concentra sur cette saine occupation qui faisait partie de son univers. Le refuge lui avait donné la motivation et une tâche à laquelle se consacrer quand elle avait commencé à perdre de l'intérêt pour le reste.

On avait besoin d'elle ici. Elle avait un travail à faire, qui n'impliquait pas de se faufiler derrière le dos des autres.

Cette pensée la traversa comme un éclair. L'aperçu de la vérité qui lui avait échappé pendant longtemps.

Sonora pressa le jeune couple de sortir quelques minutes

plus tard, espérant ne pas perdre le fil de ses pensées afin de pouvoir enfin identifier son inquiétude.

— Je vais les installer. C'est bon.

— Merci d'être là, dit Yvette en caressant une dernière fois les douces oreilles des chatons. Je suis contente que nous n'ayons plus à piquer de petites choses comme celles-ci.

— Ils feront de bons chasseurs de souris un jour, acquiesça Alex.

À peine dix minutes plus tard, Alex et Yvette étaient partis et Sonora était seule dans la chaleur silencieuse du refuge. Les chatons dans le panier ronronnaient et grimpaient sur ses doigts, qu'elle avait posés dans la masse poilue, cherchant du réconfort au contact de cette force de vie.

Un besoin.

Cette émotion avait été une force motivante pour elle pendant des années. Le refuge, passer du temps avec sa famille, et aider ses enfants et ses petits-enfants à grandir pour devenir des adultes heureux.

On lui avait demandé pourquoi elle avait vécu avec sa fille et l'avait aidée à élever les enfants. Parce qu'ils avaient besoin d'elle. Cela faisait partie de ce qu'elle avait toujours désiré, de ce pour quoi elle avait toujours œuvré. Elle cherchait à subvenir aux besoins des autres.

Seulement, maintenant elle voyait une autre image se former. Le besoin était une bête nébuleuse. D'un côté du spectre, cela voulait dire être motivée par le devoir, piégée par des tâches quotidiennes pénibles qui requéraient du temps et vous usaient, quels que soient les sentiments qui vous animaient.

Mais au mieux, le besoin était le lien du cœur et de l'âme dont Sonora avait discuté avec Ryan si longtemps auparavant.

Bon sang. Comment avait-elle pu être aussi peu observatrice ? Le besoin faisait partie de l'amour, d'aimer quelqu'un. Elle caressa la boule de poils sous ses doigts et sentit des larmes lui monter aux yeux.

Elle aimait Ashton. Elle avait envie de lui, pas seulement physiquement mais dans sa vie. Mais il n'avait pas besoin d'elle. Pas de cette manière. Il l'avait démontré encore et encore durant les dernières années, et elle ne pouvait plus lutter.

Elle l'aimait.

Ce qui voulait dire…

Il lui fallut une éternité avant que la seule chose qui semble avoir du sens prenne forme. Elle l'aimait. S'il l'aimait lui aussi, ce serait une chose. Mais sinon, il n'y aurait qu'un seul choix.

Elle devrait le laisser partir.

Des heures plus tard, Sonora ne voyait pas d'autre choix, peu importe la manière dont elle essayait de réarranger les pièces du puzzle. Elle appréhendait la prochaine partie de sa vie plus qu'aucun autre moment depuis qu'elle avait été forcée de dire un soudain au revoir à Greg.

Ce serait méprisable de faire ça autrement qu'en personne. Sonora se reprit et alla à Silver Stone. Oubliant de se garer en douce, elle s'arrêta juste devant le logement d'Ashton, alla vers sa porte et frappa.

Il ouvrit la porte avec une expression lumineuse jusqu'à ce qu'il voie son visage.

— Sonora ? Quelque chose ne va pas ?

— Non. Oui. Non, insista-t-elle en croisant les mains devant elle comme un enfant de chœur.

Il fit un geste derrière lui.

— Entre.

— Non. Je dois faire ça ici, dit-elle avant d'inspirer profondément. Je ne pense pas que je peux continuer à te voir.

Il en resta bouche bée.

— Tu es saoule ?

L'envie de rouler des yeux était si instinctive qu'elle faillit en pleurer.

— Je suis parfaitement sobre et très sérieuse, répondit-elle en croisant son regard sans détour. Je suis ton amie depuis très longtemps, Ashton. Et j'ai vraiment apprécié d'être ton amante. Mais nous ne pouvons pas continuer ainsi.

— De quoi est-ce que tu parles ?

Il sortit sous le porche enneigé, sans manteau, sans chaussures, les pieds dans des chaussettes de Noël tout en secouant la tête, confus.

— Tu ne le penses pas. Si tu as besoin de temps pour toi, c'est bon, mais…

— Je t'aime.

Elle l'avait dit doucement, mais les mots résonnèrent sur les murs autour d'eux tel un cri.

Ashton s'immobilisa, restant absolument figé.

Sonora s'accrocha à son courage et jeta sa fierté au vent.

— Si tu m'aimes aussi, alors nous avons de quoi parler.

Il déglutit si péniblement.

— *Sonora.*

Elle attendit.

Une myriade d'expressions passa sur le visage d'Ashton, aussi claires que s'il avait parlé. La peur, la confusion, la colère…

La tristesse.

— C'est bon, lui assura-t-elle doucement. Ça ira.

Elle se retourna.

Il lui attrapa le bras.

— Ne t'en va pas. Entre. Parlons de ça.

Sonora tapota la main sur son bras.

— Laisse-moi partir, Ashton.

Elle s'en alla.

Et il la laissa faire.

LES FANTÔMES DES NOËLS FUTURS

Ashton n'était pas sûr de ce qui le réveilla, mais le bruit avait été suffisamment fort pour qu'il sursaute dans son lit. Les ténèbres totales s'accumulaient dans sa chambre, et l'effort pour se réveiller ressemblait à se débattre dans de la mélasse.

Sa tête était cotonneuse, mais le regret surgit, vif et cinglant. La veille...

Ah, c'était vrai, la veille il avait broyé du noir. Cela faisait trois semaines que Sonora était venue et l'avait plongé dans la confusion et la colère.

Trois semaines. Et à chaque fois qu'il pensait à contacter Sonora, sa culpabilité le retenait avant qu'il ne risque de la blesser davantage.

La veille, il avait enfin cédé à la frustration et s'était enfilé quelques verres bien tassés.

— Je ne suis plus un jeune homme, râla-t-il.

Il se redressa, et un froid glacial enroula des doigts osseux autour de lui.

Le froid.

Pas de chauffage ?

Un rapide coup d'œil sur le côté lui fit froncer les sourcils. Son réveil digital était éteint.

Bon sang. Une coupure d'électricité, ce qui voulait dire qu'il devait se dépêcher et s'assurer que tout allait bien dans les écuries. Il tâtonna dans le noir pour s'habiller chaudement.

Dehors, le ciel était d'une inquiétante teinte gris noir, avec la neige qui soufflait et transformait le monde en vieux film en noir et blanc. Ashton traversa la cour et se dirigeait vers l'écurie, quand la lueur tressautante d'une lanterne attira son attention.

Il retrouva Caleb à la porte de l'écurie.

— Tout va bien à la maison ?

— Pour l'instant. Les filles dorment encore.

Il parla d'une voix froide, aux accents tranchants.

— Tu prévois toujours de te joindre à nous pour le déjeuner de Noël ? De jouer du violon pour les filles ?

— Je le fais toujours, répondit Ashton naturellement.

Caleb avait l'air épuisé et sacrément plus vieux que la veille.

— Tu as mal dormi hier soir ? continua le contremaître.

— Je ne dors jamais bien, râla Caleb. Ça n'a pas aidé que Luke soit passé me dire qu'il demande le divorce.

Ashton s'arrêta brusquement.

— C'est quoi ce bazar ?

Luke et Kelli qui *divorcent* ? C'était la chose la plus impossible qu'Ashton pouvait imaginer.

— N'aie pas l'air aussi surpris, dit Caleb. C'était condamné dès le départ, mais il maintenait que Penny changerait.

— Penny...

Ashton secoua la tête. Bon sang, il faillit se fourrer un doigt dans les oreilles pour s'éclaircir les idées.

Il regarda Caleb d'un peu plus près et se demanda ce qu'il avait bien pu trafiquer pour penser que Penny était toujours d'actualité alors que l'ex-fiancée de Luke n'était plus là depuis des années.

— Ça faisait une conversation plutôt merdique pour la décoration du sapin, je te le dis. Puis Walker a appelé pour dire qu'il ne viendrait pas cette année. Dustin se plaint déjà de tout ce qu'il devra faire pour nous aider puisque la nounou est rentrée chez ses parents pour les fêtes.

Ashton réussit tout juste à s'empêcher de jurer.

— La *nounou* ?

La famille Stone n'avait pas eu de nounou depuis que Tamara Coleman était venue et les avait conquis, et Caleb et elle étaient mariés depuis plus de quatre ans.

Caleb avait la tête tournée vers le panneau électrique et ronchonnait, furieux, tout en actionnant les interrupteurs.

— J'aurais dû savoir que celle-ci ne serait pas du genre à rester quand nous aurions vraiment besoin d'elle. La seule nounou qui avait le moindre bon sens avec les filles était Tamara... mais tu vois comment ça a tourné.

Parfaitement ?

Ashton regarda Caleb plus attentivement.

— Où est Tamara ?

Un son vulgaire échappa à Caleb.

— Qu'est-ce que j'en sais ? Probablement mariée avec deux gamins, maintenant. Pas ici, Dieu merci.

Ce n'était pas normal. Rien dans cette conversation n'était normal.

Caleb actionna encore deux interrupteurs.

— Non, les choses sont peut-être plus merdiques pour ces fêtes, mais pas question que je me laisse encore coincer, encore moins par une femme autoritaire, dominatrice et aux idées arrêtées, qui voudrait me dire comment diriger mon ranch. Diriger ma vie, dit-il en pointant Ashton du doigt. Tu sais de quoi je parle. Tu l'as dit tellement de fois. Une femme n'apporte rien que des problèmes. On n'a pas besoin d'elles. On ne veut pas d'elles.

Les lumières s'allumèrent au-dessus d'eux, devenant de plus en plus brillantes jusqu'à ce que la pièce devienne floue...

— Et au cours de la nouvelle année, je veux parler des logements de l'équipe.

Tucker versa encore un peu de café dans la tasse d'Ashton.

Ce dernier cilla, regardant autour de lui, confus. Il n'était plus dans l'écurie avec Caleb. Le monde était toujours d'une couleur gris passé, mais maintenant son neveu était assis devant lui dans le logement du dortoir d'Ashton.

Mais la pièce semblait un peu plus froide. Pas de babioles, pas de dessins gribouillés au crayon de la part des plus jeunes enfants Stone sur le frigo. Ashton se retourna pour examiner son propre foyer, surpris par les différences.

Nu et quelconque. Les coussins rembourrés avaient disparu ainsi que la couverture cosy que Sonora avait tenu à apporter pour ne pas avoir froid quand ils regardaient des séries ensemble.

Il se leva et regarda vers sa chambre, consterné de découvrir que son lit était couvert d'une vieille couette gris et bleu qu'il avait possédée pendant des années au lieu de la nouvelle que Sonora lui avait confectionnée. Même le seul macramé qu'il avait gardé – son préféré, qui ressemblait à un hibou – avait disparu de sa place d'honneur.

— Oncle Ashton ? Ça va ? demanda Tucker en lui posant une main sur l'épaule et en l'étreignant légèrement. Tu as plongé dans la gaieté de Noël un peu en avance ?

— Non, assura Ashton avant de secouer la tête. Qu'est-ce que tu disais ?

— Les logements de l'équipe. Nous avons plus d'hommes

qui vont arriver, alors je pensais à un projet de rénovation. Aller vers un vrai dortoir pour les nouveaux venus et rafraîchir les mitoyens pour le personnel de longue date. Et j'aimerais ajuster quelques logements pour qu'ils correspondent au tien. J'aurais bien besoin de plus d'espace maintenant que je suis là à plein temps.

Tucker se cala sur sa chaise et sirota son café.

Ashton l'examina attentivement, réfléchissant à la suggestion.

— Pourquoi as-tu besoin de plus de place ?

Tucker eut un rire moqueur.

— Parce que je n'ai plus quinze ans ? J'aimerais avoir assez d'espace pour que ce soit vraiment confortable. Assez de place pour ramener quelqu'un chez moi de temps à autre.

Ashton se demanda si son neveu avait récemment eu des pulsions suicidaires.

— Si tu prévois de ramener quelqu'un, tu ferais bien d'avoir mis ton testament à jour. Ginny va t'écorcher vif, *puis* elle deviendra méchante.

Tucker se récria.

— De quoi est-ce que tu parles ? Je n'ai pas vu cette femme depuis des années ! Ce n'est pas comme si elle avait son mot à dire dans la manière dont je mène ma vie.

Qu'est-ce que c'était que ce bazar ? Ashton lança un regard noir à son neveu.

— Arrête de te payer ma tête. Ce n'est plus drôle, putain.

— Que tu me poses des questions à la con sur Ginny alors que tu sais que ça m'énerve non plus.

Tucker haussa le ton, et ses yeux brillèrent de colère.

— C'était un bon moment, d'accord ? Ce que nous faisions était amusant, mais ça n'a jamais été censé représenter autre chose. Toi, plus que quiconque, tu devrais le comprendre.

Un frisson remonta le long de la colonne vertébrale d'Ashton.

— Qu'est-ce que ça veut dire ?

— Tu as toujours dit que tu ne t'attacherais jamais. Le fait que Sonora et toi ayez eu des relations pendant aussi longtemps m'a un peu surpris, mais je savais que ça ne durerait pas. Un jour elle aurait des exigences, tu refuserais... ce serait fini. « La dernière chose que je veux, c'est devenir mon frère. »

Tucker haussa les épaules.

— C'est ce que tu disais toujours. *Je ne voudrai jamais finir comme mon frère.* Dans une relation où je ne peux pas penser sans sa permission. Où je ne peux pas respirer sans que quelqu'un se mette en colère contre moi. Où je ne peux pas vivre ma putain de vie.

Plus Tucker parlait, plus la pièce devenait froide. Les murs étaient baignés de cristaux de glace, le gris s'infiltrant dans le visage et les mains de son neveu.

— Ginny et toi avez toujours été faits l'un pour l'autre, insista Ashton. N'importe quel idiot pouvait le voir.

— Ha, eh bien, *cet* idiot a vu un piège, tout comme tu l'as toujours dit. J'ai dégagé pendant que j'en avais encore l'occasion, répondit Tucker en se levant avant de donner une tape sur l'épaule d'Ashton. Si être seul est assez bien pour toi, c'est plus qu'assez bien pour moi.

Les murs devinrent flous, le monde autour de lui changeait.

— Non, dit Ashton en secouant la tête, essayant de s'éclaircir les idées. Je ne veux plus de cet enfer.

Mais il aurait aussi bien pu parler au vent.

Quand les lumières revinrent à la normale, Ashton conduisait sur la route menant chez Sonora. La grange avait un nouvel ajout, et la maison avait été fraîchement repeinte. La camionnette de Sonora n'était nulle part en vue. À la place, un SUV et une vieille Ford se trouvaient dehors.

Ashton se dépêcha de traverser la grisaille jusqu'à la porte d'entrée et frappa impatiemment.

L'homme qui ouvrit la porte le regarda d'un air soupçonneux.

— Ouais ?

— Où est Sonora ?

L'homme fronça les sourcils.

— Qui... Oh. Elle.

Il se racla la gorge d'un air mal à l'aise.

— Vous avez été absent pendant un moment, n'est-ce pas ?

— Où est-elle ? demanda Ashton.

Pourtant, même sans réponse, il savait. Quel que soit le cauchemar dans lequel il était tombé, Ashton savait. Il ferma les yeux, et quand il les rouvrit, il se trouvait dans le cimetière à la périphérie de Heart Falls.

Une pierre en marbre noir se trouvait à ses pieds.

Il ne voulait pas regarder. Il ne pourrait pas supporter de comprendre ce que tout lui hurlait qu'il était sur le point de voir.

Sonora Fallen
Pour toujours dans nos cœurs

Il se réveilla, un nœud dans la gorge et un cri sur les lèvres.

Sa montre disait qu'on était le 23 décembre, et l'emploi du temps indiquait qu'il n'était en service qu'après le déjeuner. Quant à ses mains tremblantes, elles annonçaient que s'il ne trouvait pas quelque chose à faire, il s'effondrerait.

Il passa silencieusement devant chez Sonora avant toute autre chose et prit sa première vraie inspiration de la matinée quand il remarqua la camionnette garée à sa place habituelle.

Quand l'après-midi arriva, Ashton était encore tremblant et ne savait pas quoi faire au sujet de ce cauchemar. Que faire de la visite de Sonora et de la question qu'elle lui avait posée.

Pourquoi lui avait-elle demandé s'il l'aimait ? Plus important encore, pourquoi n'avait-il pas répondu ?

Lutter contre les réponses à ces deux questions fut la raison pour laquelle il se cacha dans une stalle pour une séance de thérapie équine, à savoir du pansage monotone et apaisant.

Ça marchait aussi bien pour lui que pour les chevaux.

Il étrilla son cheval préféré. Les grands gestes de son bras étaient comme un métronome régulier qui rythmait sa respiration et ses battements de cœur.

Pouvait-il survivre sans Sonora ? Non.

Mais l'aimait-il ?

Une toux légère résonna à sa droite.

— Ça vous dérange si je vous interromps ? demanda Yvette Wright, la nouvelle chérie d'Alex.

Même si, d'après la manière dont tous deux se disputaient constamment avant, Ashton avait pensé que ce partenariat n'était pas gagné.

Il semblait qu'Alex avait de meilleures chances avec Yvette qu'Ashton avec Sonora.

— Tu as besoin de toute mon attention, ou je peux terminer de travailler sur Happy-Go-Lucky ?

— Continuez à travailler. J'ai besoin d'informations sur Alex, dit-elle rapidement. Des trucs personnels, et je sais qu'habituellement vous ne les donneriez pas, mais j'espère vraiment que ça ne vous dérangera pas de contourner un peu les règles.

Ashton hésita une seconde avant que ses doigts ne reprennent leur mouvement.

— Personnel ?

Yvette lança un coup d'œil autour d'elle pour s'assurer qu'ils étaient seuls.

— Je veux contacter ses parents pour un appel surprise le jour de Noël, mais je ne veux pas *lui* demander leur numéro, parce qu'alors ce ne serait pas une surprise. Qu'en pensez-vous ?

Il réfléchit.

— Laisse-moi finir. J'ai cette information dans les dossiers.

L'amusement gagna Ashton.

— Je suppose qu'il t'a convaincue de continuer après décembre ?

— Ça aurait été un peu dur de ne pas être convaincue. Pas quand il a plus ou moins commencé par me dire qu'il pensait que nous étions faits pour être ensemble.

Ça semblait trop facile.

— Il n'en a pas fallu plus ?

Yvette réfléchit intensément puis parla lentement.

— Ce dont je pensais avoir besoin il y a un mois n'est pas ce dont j'avais vraiment besoin. Alex m'a donné le temps de le comprendre, tout en disant très clairement ce dont *lui* avait besoin. Nous aurons encore des choses à éclaircir à l'avenir, mais je pense que nous prévoyons de le faire ensemble.

Les mots atterrirent dans les oreilles d'Ashton puis filèrent dans son cerveau comme un hibou qui aurait chassé un mulot. Ignorant l'envie presque violente de s'éloigner pour pouvoir accorder toute son attention à la révélation qui planait juste à sa portée, il s'essuya les mains et fit un geste vers la porte.

— Laisse-moi aller te chercher cette info.

Quelques minutes plus tard, la jeune femme était partie, l'émotion dans les yeux et un sourire aux lèvres.

Ashton n'essaya même pas de retourner au pansage. À la place, il s'appuya contre le mur de son bureau pendant que son cerveau bourdonnait.

Ce dont je pensais avoir besoin…

Ce dont il a dit avoir besoin…

Le trouver... ensemble.

Sa tête heurta le mur.

Ce dont il avait dit avoir besoin – ce dont ils avaient *tous les deux* dit avoir besoin à un certain point – avait changé.

Et au tout début, Sonora lui avait directement dit quoi faire au sujet de ces changements. N'est-ce pas ? Était-ce vraiment aussi simple ? Était-ce possible ?

Il n'y avait qu'un moyen de le découvrir.

Ashton saisit son chapeau et son manteau puis se dépêcha de sortir. Il avait des projets à réaliser et seulement peu de temps pour s'organiser.

Au diable les cauchemars. Il avait vu à quoi ressemblait un futur sans Sonora. Impossible qu'il accepte ça.

Pas quand tout ce qu'il avait à faire, c'était être un homme et commencer à écouter.

Et se déclarer d'une manière claire comme de l'eau de roche.

14

Sonora était assise à la table de la cuisine avec une tasse de thé à la main, le regard concentré sur la fenêtre. Le 31 décembre la rendait toujours contemplative. Habituellement, elle considérait que c'était une bonne chose.

Cette année, elle avait mal.

Elle n'avait pas vu Ashton autrement qu'en passant depuis leur interlude interrompu au début du mois. Cela avait été plus facile que prévu de l'éviter. Il se passait beaucoup de choses, et elle avait délibérément choisi de passer plus de temps avec sa fille. Elle avait travaillé à *Fallen Books*. Elle s'était portée volontaire à la résidence pour seniors de Heart Falls. Elle était même allée voir Rose et Tansy, et les avait aidées durant le tourbillon des fêtes.

Malachi et Sophie avaient commencé à la regarder d'un air soupçonneux, mais jusque-là, ses enfants avaient tenu leurs langues.

Peu importe qu'elle essaie de le cacher, quelque chose n'allait clairement pas. Pas avec Ashton ou sa réaction. Qu'il admette qu'il était amoureux d'elle représentait une chance sur un million, et Sonora l'acceptait.

Pourtant, les choses ne pouvaient pas continuer comme ça, décida Sonora. Pour eux deux, elle devait trouver un moyen d'arrêter de broyer du noir et créer un nouveau départ. Ashton serait dans sa vie. Une petite ville, des familles entremêlées. Il faisait partie de sa vie.

Mais ils devaient recommencer, et leur nouvelle relation serait construite sur le respect et rien d'autre.

Seigneur, cela allait la briser.

Le soleil par la fenêtre la réchauffait presque autant que la chaleur du poêle à bois, et elle ferma les yeux et leva le visage vers la lumière. À l'aise dans son corps alors que son esprit s'emballait en passant par toutes les possibilités sur la manière d'aborder la nouvelle année différemment.

Quel choix laisserait son cœur brisé un minimum de morceaux ?

— Je sais que tu peux le faire.

La voix inattendue la fit sursauter sur sa chaise. Elle se tourna et découvrit un homme familier avec des cheveux blonds qui souriait en s'installant près d'elle.

— Greg ?

Son mari lui prit la main alors qu'il posait les coudes sur la table.

— Bonjour, rayon de soleil.

— Comment...

Il se versa une tasse de thé, puis remplit la sienne.

— Tu as besoin de quelqu'un à qui parler. Alors parlons.

Sonora lança un coup d'œil autour d'elle. C'était encore l'hiver dehors, encore son foyer cosy à l'intérieur. Mais Greg...

— Et alors ? Peu importe que ce soit impossible ? Parfois des situations impossibles sont les meilleures qui existent, la taquina-t-il avant de baisser la voix et de parler sérieusement. Ton cœur souffre. Je déteste te voir comme ça.

L'amour dans ses yeux avait toujours été là. Toujours été si vif et constant. Elle n'avait jamais douté de lui, pas un seul instant, durant les dix ans qu'ils avaient partagés.

— Tu sais que tu n'es pas vraiment là, insista-t-elle.

Il haussa légèrement une épaule.

— Je ne suis pas là depuis des années, mais tu m'as toujours entendu. Ça n'est pas très différent.

— Tu es assis à ma table, signala-t-elle. Mais tu n'es pas réel.

— Alors il est impossible que tu me contraries ou que tu me blesses. Fais donc avec, Sonora. Laisse-moi t'aider à trouver une solution.

Parlant littéralement à ses fantômes. Sonora but son thé et fut forcée de sourire.

— D'accord. Trouvons une solution.

— Pourquoi n'es-tu pas avec Ashton ?

Bon sang. Elle posa sa tasse sur la table et lança un regard noir à Greg.

— Toujours avec les questions directes, fantôme ou visible.

— C'est le meilleur moyen de découvrir la vérité.

— Parce qu'il n'a pas besoin de moi.

Elle avait prononcé les mots sèchement, puis les regretta instantanément. Elle ferma les yeux et grogna de frustration.

— Je veux qu'on ait besoin de moi, continua-t-elle. Je veux non seulement donner, mais donner d'une manière qui construit le bonheur.

— Et tu ne penses pas que c'est ce que tu fais ?

Greg réfléchit, l'air pensif.

— Non, ajouta-t-il. L'option entre des relations sexuelles sans étiquette et un vrai engagement était arrivée à son terme.

— Oui, c'est vrai, acquiesça Sonora doucement.

— Tu es une femme intelligente, dit Greg en repoussant

une mèche derrière son oreille. Les deux choses que j'admirais le plus chez toi, c'était la taille immense de ton cœur et ton intelligence pour savoir comment le mieux partager ton amour.

— Tu ne m'as jamais regardée de haut. Je me rends compte maintenant à quel point c'est rare, surtout étant donné que j'avais dix-huit ans et toi trente-quatre. Tu as toujours dit que je pouvais tout faire, mais tu étais là quand soulever des objets lourds était requis.

— Ce n'était pas tout ce que je voulais faire pour toi, mais ça en faisait partie, dit Greg en se frottant le menton. Pourquoi est-ce que c'est si compliqué pour toi ? Pourquoi ne peux-tu pas simplement aimer ton Ashton ?

— Parce qu'il ne m'aime pas, révéla Sonora tristement.

— Tu en es sûre ? demanda Greg en se tapotant le torse. Pour certains d'entre nous, faire franchir nos lèvres à ce qui se trouve là est une tâche difficile.

Sans doute.

— Tu sais quoi ? déclara Greg en se penchant en avant et en parlant comme s'il lui révélait un secret. *Moi* je crois qu'il t'aime.

Ce n'était pas ce qu'elle s'attendait à ce qu'il dise.

— Vraiment ?

— Ouais. Il te regarde de la même manière que je le faisais toujours.

Une bourrasque toucha la maison, et la porte de sa chambre claqua. La bibliothèque près d'elle, qui contenait des bibelots et des photos de famille, trembla, et quelques cadres tombèrent par terre.

Sonora se dépêcha de les ramasser et de les remettre à leur place.

Et se figea.

Les deux cadres dans ses mains étaient très différents mais tout aussi spéciaux. Dans l'un, il y avait une photo qui datait de plusieurs années où Greg l'entourait de son bras. Elle souriait à l'appareil photo, mais le regard de Greg était rivé sur elle, son expression radieuse et pure, comme s'il voulait déplacer des montagnes pour elle.

Dans l'autre, il y avait un cliché de groupe impromptu durant un rassemblement des Stone où ils s'étaient tous réunis dans l'écurie après une promenade à cheval. Tamara les avait tous appelés, et Sonora avait fini serrée entre Tucker et Ashton.

Ashton la regardait, et son expression était si familière qu'elle y regarda à deux fois.

Il te regarde de la même manière que je le faisais toujours.

Sonora lança un coup d'œil à la table, mais Greg n'était plus là. Seule une tasse de thé y était posée, la couverture qui lui recouvrait les épaules était tombée sur la chaise quand elle s'était levée…

S'était elle endormie et avait-elle rêvé tout ça ?

Peut-être. Mais les rêves se réalisaient parfois.

Greg avait raison. Elle aimait Ashton, point. Tout comme Greg l'avait acceptée et l'avait simplement aimée il y avait toutes ces années, maintenant c'était à son tour d'aller au-delà de ses attentes.

Elle prendrait Ashton comme il était, et ensemble, ils trouveraient un moyen.

Sonora se dépêcha d'aller vers la cuisine pour faire un peu de rangement avant de pouvoir prendre la route pour Silver Stone pour retrouver ce fumier. Il était temps de se faire pardonner pour la douleur qu'elle leur avait causée à tous les deux.

Elle venait de placer sa tasse dans l'évier quand la porte d'entrée s'ouvrit, et une voix claire la salua.

— Hé, mamie, où es-tu ?

Sonora s'arrêta, la surprise se transformant en bonheur.

— Rose. Qu'est-ce que tu fais ici ?

Rose retira ses bottes puis s'avança dans la pièce, tendant le bouquet qu'elle avait dans les mains.

— Je suis une livreuse. C'est pour toi.

— Que c'est gentil. Mer...

— Ça vient d'Ashton.

Oh. Les mains de Sonora tombèrent le long de son corps.

Rose lui lança un grand sourire.

— Tu devrais voir ta tête en ce moment.

— Je ne peux qu'imaginer, marmonna Sonora.

Sa petite-fille sortit une enveloppe bleue de sa poche.

— Et c'est pour toi aussi.

Sonora aurait dû s'asseoir. Elle aurait dû prendre les fleurs que Rose lui tendait et l'étreindre.

À la place, elle déchira pratiquement l'enveloppe pour prendre la lettre à l'intérieur.

Sonora.

J'aimerais choisir la solution de facilité et tout te dire dans cette lettre, mais puisque rien entre nous n'a jamais été facile, je pense que ça non plus ne devrait pas l'être.

J'ai été irréfléchi. Toi aussi, mais au final, je refuse de laisser la meilleure chose qu'on m'ait jamais donnée sortir de ma vie. J'ai vu un avenir sans toi, et c'est ce qui se rapproche le plus de l'enfer que je puisse imaginer.

Voudrais-tu s'il te plaît me rejoindre pour un nouveau départ ? Demain, une nouvelle année commence, et ça semble être un moment approprié pour que nous trouvions un moyen de rendre la voie à suivre plus facile.

Porte quelque chose de joli... mais bon, tu es toujours

magnifique. Je me débarbouillerai du mieux que je peux, mais tu sais que cette sale gueule ne s'améliore que jusqu'à un certain point avec du savon et de l'eau.

Et maintenant je divague, voilà l'effet que tu me fais.
Je t'aime.

Je sais, c'est bête que la première fois où je te le dise, ce soit dans une lettre, mais j'ai pensé que si je ne le mettais pas par écrit, tu n'accepterais jamais de retrouver ma gueule de minable.

Je prévois de te le redire en personne, et davantage, demain quand nous nous retrouverons. Les portes de l'église ne seront pas fermées, et je serai dans le sanctuaire, à prier pour avoir la sagesse et la patience.

À midi. J'espère que tu viendras.

J'exigerais bien que tu viennes, mais même moi je sais enfin qu'il ne vaut mieux pas.

De tout mon cœur,
Ashton.

Sonora leva les yeux du message. Comment est-ce que de simples lettres qui formaient des mots sur la page pouvaient faire s'emballer son cœur ?

Sa petite-fille se tenait là, le bouquet entre les mains et un gentil sourire sur le visage.

— L'as-tu lue ? demanda Sonora.

— Bien sûr que non !

Les lèvres de Rose tressaillirent alors qu'elle essayait de garder un air sérieux.

— Enfin, sauf qu'il m'a demandé comment écrire *approprié*, puis il m'a fait relire toute la lettre à la recherche de fautes d'orthographe.

Son sourire redoubla.

— Il t'aime, mamie.

Les mots ne la lasseraient jamais, mais Sonora voulait les entendre des lèvres d'Ashton, pas de quelqu'un d'autre. Pas seulement sur une page.

— Je sais. Je l'aime aussi.

La jeune femme la regarda un instant puis alla résolument vers l'évier et sortit les ciseaux de cuisine avant de prendre un vase en verre sur le dessus du placard. Pendant qu'elle taillait et arrangeait les fleurs, elle parla doucement.

— J'ai toujours admiré le fait qu'on ne puisse pas t'arrêter. Tu décides quelque chose, et c'est accompli. Quels que soient les obstacles.

Un rire moqueur échappa à Sonora. Rose était aussi baratineuse que son père.

— Es-tu en train de me qualifier de vieille grand-mère d'obstinée ?

Rose s'essuya la joue avec le dos de la main.

— Quelle blague ! Je serais peut-être assez courageuse pour te qualifier d'*obstinée*, mais je n'essaierais *jamais* de te qualifier de *vieille grand-mère*.

Bon point. Sonora se glissa près de sa petite-fille et s'appuya sur le plan de travail.

— Penses-tu que sa lettre est romantique ?

— Ce qui compte c'est ce que *toi* tu penses, répliqua Rose. Mais, mamie, tu fricotes avec M. Stewart depuis aussi longtemps que je me souvienne. Et je suis assez grande pour savoir que *fricoter* de nos jours implique plus que faire semblant de se chamailler à des barbecues et s'offrir des cadeaux stupides pour s'agacer.

— Le sexe ne disparaît pas quand on fête ses trente ans, dit Sonora d'un ton pince-sans-rire.

— Dieu merci, sinon j'aurais des problèmes, répondit Rose en lui lançant un clin d'œil. Tes petites-filles célibataires ne participent pas beaucoup à l'action ces temps-ci. Ce qui est triste, surtout quand on compare la vie amoureuse de Tansy et la mienne à la tienne.

Elle détourna les yeux, mais l'amusement incurvait ses lèvres.

— Tu n'es rien d'autre qu'une fauteuse de troubles, râla Sonora alors qu'elle étreignait Rose. D'abord, tu es une femme magnifique. Quelqu'un va vraiment te voir un jour prochain et tombera fou amoureux de toi. Ton père s'arrachera sûrement les cheveux, parce que tu seras tombée si vite amoureuse que tu ne te seras pas encore relevée quand toi et ton jeune homme vous vous direz *je t'aime*.

— Tu es voyante maintenant ? demanda Rose, mais elle serra Sonora contre elle. J'espère que tu as raison. Mais en attendant, Tansy et moi avons des projets pour agrandir le magasin. Ivy et Walker ont des projets pour agrandir leur famille, et ce sera excitant et nouveau. Et toi...

Rose recula et croisa le regard de Sonora sans détour. Elle leva la lettre d'Ashton en l'air et l'agita doucement.

— Et moi j'ai une décision à prendre, dit Sonora.

— Mais est-ce vraiment le cas ? Vraiment ? demanda Rose doucement. Ou est-ce que tu as simplement besoin d'admettre que tu t'es déjà décidée pour que nous puissions aller choisir ce que tu porteras demain ?

Sa petite-fille était trop mûre pour son âge.

15

1er janvier, sanctuaire de l'Église Unie. Midi.

Attendre avait été un enfer, mais lorsque la porte s'ouvrit, Ashton se rendit compte qu'il y avait quelque chose de pire. Ne pas savoir exactement ce qui allait se passer durant les prochains instants était encore plus éprouvant.

Le cœur battant, il s'avança vers la lumière qui se répandait par la porte ouverte de l'église.

Sonora entra dans la lumière du soleil et l'éblouit.

Il s'était demandé si elle laisserait ses cheveux lâchés. Si elle mettrait un jean et un chemisier à froufrous. Mais au lieu d'un pantalon, elle portait une robe de couleur crème, presque blanche. Ivoire, peut-être – il n'était pas doué avec les couleurs –, mais elle contrastait doucement avec le reflet argenté de ses nattes enroulées sur sa tête comme une couronne. Elle était incroyable.

Sonora se déplaça prudemment vers lui comme si elle s'inquiétait qu'il s'enfuie. Son regard descendit puis remonta, et il arrangea nerveusement sa cravate et se tint un peu plus droit.

Le silence changea. Il n'était plus question d'un tourbillon d'attente, d'espoir et de peur confondus. À la place, l'air crépitait d'impatience et d'excitation. Les secondes passaient bruyamment. Les pas de Sonora sur le tapis résonnaient comme des bottes sur du béton.

Sonora s'arrêta à trente centimètres de lui, le coin de ses lèvres s'incurvant alors qu'elle levait le menton et croisait son regard.

Tellement forte. Si merveilleuse, et *ici*... se tenant devant lui. Exactement ce qu'il avait espéré sans pourtant oser croire que cela puisse se produire.

Ashton prit une profonde inspiration. Il la laissa sortir lentement.

— Je t'aime.

Ils le dirent en même temps, puis se mirent à rire, leurs réactions se superposant comme des reflets parfaits.

Sonora lui attrapa la main et la porta à ses lèvres.

— Je savais ce que tu voulais dire. Quand tu m'as demandé de te retrouver ici à l'église, je savais que ce n'était pas seulement...

La voix de Sonora se brisa, et bon sang, Ashton fut obligé de cligner fort des yeux.

— Mon vieux cerveau entêté, commença-t-il.

Ashton lui posa le pouce sur la joue et essuya la larme qui coulait.

— Tu me l'as dit, continua-t-il. Tu m'as dit il y a des années que le mariage était fait pour deux personnes qui étaient amoureuses. Que l'amour était ce qui faisait que les gens réservaient une église et se disaient *je le veux*.

— Est-ce ce que nous allons faire ? demanda Sonora en se redressant. Je t'aime, Ashton. Mais j'ai réfléchi ces derniers jours. Ce n'était pas juste de ma part de couper le contact avec toi sans mettre les choses à plat. Et j'ai décidé que je n'ai pas besoin de quoi que ce soit d'officiel. Si tu m'aimes, si tu veux être avec moi, ça me suffit.

— Je t'aime, oui. Je n'arrive pas à croire que ça m'ait pris aussi longtemps pour cracher ces fichus mots.

Les épaules de Sonora tremblaient.

— Pour te l'avouer, je veux dire.

Il soupira lourdement, exaspéré par lui-même.

— *L'avouer* est plus romantique que *cracher*, ajouta-t-il.

Cette fois, elle rit franchement avant de sourire doucement.

— Je ne t'en veux pas d'avoir hésité à le dire. Tu t'inquiétais de… certaines *choses*.

Son cœur généreux essayait de rendre ça plus facile pour lui. Comme si elle lui permettait d'éviter l'aveu.

Il le fit quand même.

— Il n'y a pas d'excuse. Que je regarde mon frère et réprouve le mariage à cause de lui ? Ce n'est pas aussi malin que j'aimerais prétendre l'être. Son mariage n'est qu'un exemple. J'ai été le témoin de tant d'autres au cours des années qui se passaient dans le bonheur !

— Mais quand la famille échoue, ça blesse profondément. De plus, il y a eu ton meilleur ami, et le premier mariage de Caleb.

Sonora hocha la tête, son expression devenant pensive.

— Mais oui, continua-t-elle. Tu as eu aussi de bons exemples. Les Stone, les Ford.

— Caleb et Tamara. Ivy et Walker. Ta fille, Sophie, et Malachi, égrena Ashton avant d'attraper les deux mains de Sonora. Luke et Kelli. Tucker et Ginny… même s'ils ne sont pas encore mariés, mais ils en prennent le chemin.

— C'est merveilleux quand les enfants ouvrent la voie.

Il eut un murmure d'approbation.

— Ils sont arrivés là parce qu'ils avaient déjà un chemin à suivre. À chaque fois que tu parles de Greg, il est clair que son amour t'a soutenue sans faillir. Il n'est plus là depuis plus de temps que vous n'en avez passé ensemble, et il partage encore son amour.

Une lueur songeuse apparut dans ses yeux avant qu'il ne croise de nouveau les siens.

— Je ne sais pas combien de temps nous aurons ensemble, mais j'espère que je pourrai maintenir cet héritage et le rendre plus fort.

— Nous continuerons à le faire grandir ensemble, assura-t-elle.

Un écho des paroles qu'il avait entendues de la part d'Yvette une semaine plus tôt.

— Ensemble.

Puis il posa un genou à terre, gardant la main dans la sienne.

— Sonora Fallen, je t'aime. Tu as autrefois accepté d'être mon amie, puis mon amante. Maintenant, j'aimerais que tu dises oui pour faire savoir à tout le monde que tu es mon cœur. Veux-tu m'épouser ?

Sonora pressa brièvement sa main libre sur sa bouche puis hocha la tête avec enthousiasme.

— Oui.

Il l'attira à son niveau et attrapa ses lèvres dans un baiser, parce que quoi qu'il se passe, c'était le plus important.

Seigneur, qu'elle lui avait manqué ! Les journées où ils avaient été séparés avaient démontré que, même s'il devait peut-être encore maîtriser certaines habitudes gênantes, ses inquiétudes ne concernaient pas Sonora.

Avec les lèvres de celle-ci sur les siennes, le monde entier reprit sa place.

Il adoucit leur baiser jusqu'à ce qu'ils marquent une pause, leurs fronts se touchant. Ils se regardaient dans les yeux.

— J'ai des choses de prévues, dit-il doucement. Je n'en ai

fait un peu qu'à ma tête, mais j'ai pensé que si notre rencontre se passait bien, je ferais mieux de me dépêcher avant que tu ne reprennes tes esprits.

Elle se mit à rire.

— Qu'à ta tête ? Comment ça ?

Il sortit son téléphone et l'agita.

— J'ai dit au pasteur que si tu acceptais de m'épouser, je lui enverrais un texto. Il viendra prononcer nos vœux tout de suite.

— Lui envoyer un texto ? Je suis très impressionnée !

— Pour toi, je ferais n'importe quoi.

— Dis-moi quelles autres frasques tu as organisées.

L'expression de Sonora était de pure joie.

— Le mariage, et peut-être une réservation pour une lune de miel.

Elle en resta bouche bée.

— Tu plaisantes !

— Je ne plaisante pas. Alors j'espère vraiment que tu n'as rien d'autre de prévu, parce que nous avons dépassé la date d'annulation pour être remboursés.

Elle éclata de rire. Sonora passa les bras autour de son cou et le serra si fort que, pendant un instant, il put à peine respirer.

Ça lui convenait.

— Est-ce que ça veut dire oui au mariage ? Oui à la lune de miel ?

Elle se releva et l'encouragea à la suivre.

— Une seconde.

Elle sortit son téléphone d'une poche cachée et tapota quelques touches avant de le remettre dedans.

Puis elle lui attrapa les mains.

— Bien, alors, je suis très heureuse que tu n'en aies fait qu'à ta tête, car je dois admettre que je l'ai fait aussi.

Ashton ne savait pas où elle voulait en venir.

— Comment ça ?

— Commençons par le commencement. Oui à la lune de miel.

Ce fut à Ashton d'émettre un petit rire.

— C'est la priorité absolue ? C'est bien pour moi, mais je vérifie simplement pour que ce soit clair.

— L'autre sujet c'est, oui, nous pouvons nous marier maintenant, mais j'aimerais que mon gendre prononce nos vœux. Et puis... Est-ce que ça te dérange si j'ai invité quelques personnes ?

Il marqua une pause, pensant à Tucker, à ses amis, aux gens qu'il aimerait avoir comme témoins...

Les portes du sanctuaire s'ouvrirent, et une foule se déversa.

Le premier homme qu'il vit fut Tucker, avec Ginny à son bras, et ils s'avancèrent dans l'allée et se précipitèrent sur eux en un éclair.

Tucker lui lança un sourire éblouissant en lui serrant la main.

— Félicitations, mon oncle ! Tu as enfin réussi à avoir la nana.

Ashton ne prétendait pas être le couteau le plus aiguisé du tiroir, mais cela ne demandait pas de trop puissantes facultés mentales d'ajouter deux et deux.

— Tu savais.

Il lança un coup d'œil à Tucker et Ginny, qui étreignait Sonora, puis enfonça un doigt dans le torse de Tucker.

— Quand tu m'as envoyé un texto pour me demander si je voulais que tu sois là, Sonora avait déjà lancé un appel pour que les gens se tiennent prêts.

— Eh bien, tu as en partie raison. Je le savais, mais c'est Fern qui m'a appelé ainsi que les autres, dit Tucker, alors que son sourire redoublait. Il semble que Rose savait qu'il se passait quelque chose, et elle l'a dit à Tansy, qui l'a dit à Fern. C'est le bébé de la famille qui a demandé à Sonora si elle pouvait inviter les potentiels invités du mariage.

Fern. Bien sûr, Fern. Ashton ne la connaissait pas encore aussi bien qu'il l'aurait voulu, mais Sonora disait qu'elle avait l'esprit vif et était déterminée, en prime.

Ils prendraient le temps d'inviter les filles…

Cela le frappa. Bon sang, encore une vérité inattendue qui intégrait sa tête dure, et il se figea.

Tucker fronça les sourcils.

— Oncle Ashton ?

Il agrippa la main de Tucker.

— Je vais être grand-père.

Une douce approbation vint de son neveu, puis une main solide atterrit sur son épaule et la serra fort.

— Je suppose que oui. Ces filles ont bien de la chance. Tu as déjà prouvé cent fois que tu sais comment être une figure paternelle. Un papy est censé être encore mieux. Il gâte plus et a moins de responsabilités.

Ashton n'était pas convaincu de la dernière partie, mais Sonora était revenue à ses côtés et avait glissé les doigts autour de son bras, et soudain la salle bondée était le dernier de ses soucis.

Elle allait être à lui. C'était tout ce qu'il voulait.

Mais d'abord, ils devaient vraiment se marier.

Seulement, cela n'allait pas être simple car l'église continuait à se remplir d'amis, de la famille et des gens de la communauté. Tout le monde déferlait autour d'eux, et il semblait être la règle du jour de présenter ses félicitations avant même qu'ils n'aient dit *je le veux*. Ashton serra des mains et accepta des tapes dans le dos et des commentaires taquins sur le fait de se ressaisir.

Gary Silver l'étreignit si fort que les côtes d'Ashton craquèrent.

— C'est bien de savoir que tu as compris, finalement.

— Un vieux singe apprend à faire la grimace, dit Ashton d'un ton pince-sans-rire.

Sonora lui donna un léger coup de coude dans les côtes, et il grogna avant de sourire.

— Un singe pas si vieux que ça apprend à faire la grimace.

— C'est mieux, dit-elle en marquant une pause pour serrer Gary dans ses bras. Merci d'avoir été là pour lui pendant toutes ces années.

— J'en dirai autant de toi.

Gary lui lança un clin d'œil puis alla rejoindre Brooke et Mack, qui les avaient déjà salués.

Le reste des amis d'Ashton de la caserne arrivèrent. Alex et Yvette avancèrent main dans la main, et l'expression éblouie du jeune homme déclencha un pur accès d'amusement chez Ashton. En tout cas, jusqu'à ce qu'il se rende compte que son visage était sans doute le reflet du sien.

Ryan escorta prudemment une Madison très enceinte, son ventre ressortant dans ce qui semblait être des proportions impossibles.

Ashton se dépêcha de l'aider à s'asseoir sur le banc le plus proche pour qu'elle ne soit pas bousculée.

— Content de te voir ici, mais est-ce que tu es sûre que c'est une bonne idée de sortir ces temps-ci ?

— Il me reste encore deux semaines, dit Madison, la main posée sur son ventre. Maintenant, c'est l'occasion des distractions. Alors merci d'avoir organisé le mariage... le timing est parfait, en fait. Et demain nous aurons une activité soirée entre filles. À faire des moulages de ventre.

— Je n'ai jamais su à quoi ils pouvaient servir. Y mettre des chips ça serait bien. Ou en faire un bol à punch, dit Alex en regardant le ventre de Madison. Une piscine ?

Yvette tira Alex par le bras, roulant des yeux.

— Ta bouche va t'attirer de gros problèmes un jour, dit-elle avant de sourire à Ashton et Sonora. Nous sommes si heureux pour vous.

— Merci, chérie, répondit Sonora.

— Au fait, tu avais raison, dit Ashton en attrapant fermement la main d'Yvette pour la serrer. Tu as été brillante en fait.

Yvette cilla.

— Vraiment ?

— Ouais. Alors merci pour le conseil.

La curiosité d'Alex était très visible.

— Que vous a-t-elle dit ?

— Eh bien, ce serait des ragots, et je n'accepte pas ça, dit Ashton d'un ton traînant avant de se tourner avec Sonora à son bras. Viens. Je veux rendre ça officiel avant que tu ne reprennes tes esprits.

Sonora rit doucement mais marcha volontiers à ses côtés tandis qu'il la guidait vers l'avant de la chapelle, où ses petites-filles avaient tout installé.

— *Qu'est-ce* qu'Yvette t'a dit ?

— Que savoir ce dont nous avons besoin est important, mais que prendre des décisions ensemble, c'est encore mieux.

Il se pencha et lui chuchota à l'oreille :

— Rendre ça énigmatique, c'est pour faire marcher Alex. Il faut qu'il reste sur le qui-vive.

Si bien que Sonora riait lorsque Ashton l'arrêta au centre d'un cercle de fleurs éclatantes. Main dans la main, ils attendirent que la pièce autour d'eux se calme lentement et que tout le monde trouve une place pour s'asseoir.

Finalement, Sophie et Malachi s'avancèrent.

La fille de Sonora lui tendit un autre bouquet alors qu'elle se dépêchait d'étreindre sa mère.

— Je suis si heureuse pour toi, dit Sophie en lançant un sourire vers Ashton. Pour vous deux.

Avant qu'Ashton ne puisse dire quoi que ce soit, Sophie s'éloigna pour rejoindre le reste de la famille sur un des bancs à côté, et Malachi prit sa place, son sourire bien trop grand pour un décor aussi solennel. Il embrassa Sonora sur la joue puis serra la main d'Ashton.

Il se tourna vers l'assemblée, son sourire éclatant.

— Nous sommes rassemblés ici aujourd'hui pour assister aux vœux de mariage de Sonora Fallen et d'Ashton Stewart, déclara-t-il en croisant le regard d'Ashton. *Enfin.*

Les rires s'élevèrent et Ashton se joignit à eux. L'amusement n'était pas contre eux, il était *avec* eux.

Il tenait les doigts de Sonora entre les siens, et elle sourit alors qu'elle le regardait dans les yeux. L'amour qui y brillait était aussi vif que la lumière du soleil étincelant à travers les vitraux. Les vœux qu'ils prononcèrent furent simples mais sincères.

C'était l'amour. C'était tout ce dont ils avaient besoin.

ÉPILOGUE

Elle remarqua à peine la brise soufflant par la fenêtre de leur appartement hawaïen sur sa peau échauffée. Sonora était tout en sueur sous les attentions vigoureuses d'Ashton. Ses mains, sa langue. Son membre.

Sa respiration se coinça dans sa gorge alors qu'Ashton la pénétrait de nouveau. Les muscles détendus de plaisir, Sonora lui agrippa les poignets et s'y accrocha tandis que les mouvements devenaient plus exigeants.

Un grondement retentit dans l'air alors qu'il ralentissait, et elle ouvrit péniblement les yeux pour se préparer aux tourments qu'il était sur le point de lui infliger. Des années à être amants, et pourtant elle n'avait eu aucune idée de ce dont cet homme était capable quand on lui donnait des jours sans interruptions.

La lune de miel était un succès, en ce qui la concernait.

— Je ne vais nulle part, dit Ashton doucement alors qu'il ajustait leur position, ce qui fit que les mains de Sonora qui l'agrippaient se détachèrent.

Il entrelaça leurs doigts puis appuya leurs mains sur le

matelas près de la tête de Sonora, la regardant dans les yeux alors qu'ils partageaient leur plaisir.

Alors qu'ils faisaient l'amour.

Oh, c'était encore du sexe, parfois déchaîné, sauvage et cru. Mais maintenant, il était clair que la douceur et la tendresse allaient comme un gant avec le reste parce que la vérité était au cœur de leur relation.

L'amour.

Sonora accepta son baiser et souleva les hanches pour aller à la rencontre de ses coups de reins de plus en plus furieux. Elle s'égara dans l'extase alors que leurs corps s'envolaient au-delà du point de non-retour.

Essoufflés, ils étaient allongés sur le matelas et laissaient les alizés les caresser. Sonora se lova davantage contre lui et soupira de plaisir.

— Tu es incroyable.

— C'est ma réplique, répondit Ashton en lui embrassant le front.

— Non, sérieusement, j'ai apprécié ce que nous avions avant, mais ça ? dit-elle en posant la main sur sa joue et lui lançant un sourire coquin. Tu t'es amélioré. Ça me plaît.

— Peut-être que c'est le sommeil supplémentaire.

— Alors je vais faire ajuster ton emploi du temps à Tucker à partir de maintenant et pour l'éternité.

Ashton riait encore quand il l'entraîna derrière lui vers la douche.

Main dans la main, ils marchaient maintenant sur la plage devant l'appartement, une lente balade si différente de leur habituelle foulée déterminée que Sonora fut forcée de rire.

— Tu penses que quelqu'un croirait ça ?

Ashton lui lança un coup d'œil, haussant un sourcil.

— Que j'éblouis tout le monde sur l'île avec mes jambes ultra blanches ?

— Hé, tu commences à prendre des couleurs.

Même si Sonora devait admettre qu'il avait des marques de bronzage amusantes.

— Mais tes jambes ne seront jamais aussi bronzées que tes bras ou l'arrière de ta nuque. Sauf si tu fais des corvées tout l'été en portant des shorts.

— Ça n'arrivera jamais. Je déteste me faire griffer, à part avec tes ongles sur mon dos. Ou mes fesses.

Une brusque inspiration, puis des rires leur parvinrent de deux couples plus jeunes qui passaient en sens inverse. Sonora était plus proche de glousser qu'elle ne l'avait jamais été de sa vie.

— Tu es terrible.

— Ils avaient besoin de savoir que les personnes âgées – pardon, les personnes *plus âgées* – couchent toujours ensemble.

Ashton lui serra les doigts et se rapprocha du bord de l'eau, laissant la marée de les chatouiller à chaque pas.

— Pour en revenir à ton commentaire, qu'est-ce que les gens vont penser ?

— Qu'on se détend. Que tu n'as pas passé des heures à créer un système pour nous désensabler à chaque fois que nous revenons de la plage. Tu as dormi jusqu'à 8 heures ce matin, et nous avons pris un deuxième café. Pas d'emploi du temps, pas de liste de choses à faire. Je suis fière de toi.

Ashton immobilisa Sonora et la fit tourner jusqu'à ce qu'ils se tiennent côte à côte face à l'ouest. La surface de l'océan étincelait sous des lueurs dansantes, le soleil descendait lentement sur l'horizon et les minces nuages qui l'y attendaient. Le bras d'Ashton passé autour d'elle, Sonora posa la tête sur son épaule.

Heureuse. Et là où elle devait être.

Il posa les lèvres sur le dessus de sa tête et eut un murmure.

— Mais *j'ai* une liste de choses à faire. Qui est plus

intelligente et meilleure que n'importe laquelle que j'aie jamais griffonnée.

— Oh ?

Sur leur droite, une famille s'était rassemblée pour profiter aussi du coucher de soleil, et des rires enfantins et des cris s'élevaient vers le ciel alors que deux bambins s'éclaboussaient dans les brisants et s'éloignaient pour éviter les vagues qui arrivaient.

Le père arriva une seconde avant que le plus petit ne soit projeté sur les fesses, faisant tournoyer l'enfant, puis le lançant dans les bras de la mère. L'autre enfant se précipita pour se joindre au câlin groupé, et toute la famille s'écroula dans le sable dans une pile de gloussements.

Ashton la fit pivoter vers lui.

— Comme ça. Juste être ensemble d'une manière qui nous rende heureux. Nous avons profité de moments ensemble au cours des années, mais ça a plus été par chance que délibérément. Plus maintenant. Je veux être là pour toi, et j'ai *besoin* que tu sois là pour moi. Tu es la première sur la liste de choses à faire à partir de maintenant, Sonora. Pour toujours, je te le promets.

Pouvait-elle ressentir plus de bonheur sans exploser ?

— Je t'aime, dit-elle.

— Bien, répondit-il.

Il sourit quand elle passa les bras autour de sa taille et lui tira la langue.

— Je t'aime aussi, madame Stewart.

Le coucher du soleil fut sans doute vraiment magnifique ce soir-là, mais Sonora rata le moment où le soleil passa sous les vagues. Elle était trop occupée à être embrassée à en perdre la raison.

Elle aimait la nouvelle liste de choses à faire d'Ashton.

Revenir dans l'Alberta enneigée après son anniversaire à la mi-janvier était simplement cruel. Même si le ranch avait manqué à Ashton, c'était agréable de savoir qu'on n'avait plus besoin de lui à chaque instant de la journée.

Il n'arrivait même pas à être agacé quand, partout où il allait dans Silver Stone, il trouvait les ouvriers arborant de grands sourires et ricanant avant de se reprendre.

— Vous avez déjà fini de travailler, vous deux ? demanda Ashton à Tucker quand il tomba sur son neveu et Luke qui discutaient tranquillement ensemble dans l'écurie principale.

— On n'a jamais terminé, tu sais bien, dit Tucker sérieusement. Je m'assure simplement que nous nous concentrions aussi sur les trucs importants, comme tu nous l'as appris.

Luke lança un clin d'œil à Ashton puis esquiva Tucker.

— Excusez-moi. J'ai des trucs importants qui se dirigent vers moi.

Quand il attrapa son épouse, Kelli, entre ses bras et la fit tournoyer vivement, Tucker ne fit que sourire davantage.

Ashton secoua la tête. Les gamins. Peu importe qu'ils aient la trentaine... ils ne devenaient pas plus faciles à comprendre.

Il regarda Tucker.

— Est-ce que j'ai raté quelque chose ?

— Pas encore, lui assura Tucker. Juste un peu d'esprit de compétition qui apparaît. Tu sais comment c'est.

En cet instant ? Ashton n'en avait pas la moindre idée. Mais d'un autre côté, peut-être qu'il préférait ça...

L'autre chose qu'il aimait vraiment, c'était le changement dans sa routine. Pendant que Sonora et lui étaient partis en lune de miel, Tucker et Caleb avaient remanié l'emploi du temps. Puis ils avaient annoncé à Sonora ses nouveaux horaires.

Elle avait jubilé pendant toute la première journée de leur retour.

— Je serai partie avant toi certains jours, l'avait-elle taquiné.

— Peu probable, avait-il répondu en l'attirant sur ses genoux à la table du petit déjeuner avant de lui voler un autre baiser. Je me sens mal. Comme si je profitais d'eux et ne travaillais que la moitié du temps.

Sonora avait caressé la joue d'Ashton.

— Je suis presque sûre qu'ils compensent pour tous les jours où tu as travaillé *bien plus* qu'un service ordinaire.

C'était vrai. De plus, passer plus de temps au lit le matin avec Sonora n'était pas une chose qu'il fallait abandonner précipitamment.

Avec sa nouvelle routine, ils prenaient ensemble le petit déjeuner et le dîner chaque jour. Ashton allait toujours au ranch, et Sonora travaillait au refuge et passait du temps en ville avec sa famille. Un schéma agréable commença à se dessiner, et Ashton appréciait bien des choses dans cette nouvelle étape de leur vie.

Il y avait encore des questions qu'ils devaient gérer. L'une d'elles était combien de temps Sonora voulait rester aux commandes du refuge pour animaux.

— Au cours des années, quelques personnes m'ont demandé d'acheter la ferme et le refuge, mais je n'étais pas prête à les abandonner, mentionna-t-elle un soir alors qu'ils se préparaient à sortir.

— L'es-tu, maintenant ? demanda-t-il.

Sonora réfléchit puis secoua la tête.

— Non. On a encore besoin de moi, et ça me plaît toujours, mais ce ne sera pas éternel.

— Tu es douée, aussi, lui dit Ashton, totalement honnête. Peut-être qu'à un certain moment, nous pourrons nous organiser pour laisser le travail à d'autres.

— Peut-être, répondit Sonora avant de l'attirer vers elle pour l'embrasser. Mais c'est un problème pour un autre jour. Viens. Préparons-nous pour la fête.

Dans leur chambre, Ashton termina de s'habiller avant elle. Installé sur le lit, il se mit à l'aise et profita de la vue alors qu'elle sortait de la salle de bains après s'être douchée.

— Ne te presse pas pour moi, lui dit-il avec impertinence.

Sonora lui lança un clin d'œil puis enleva son peignoir et se dirigea vers la penderie pour chercher sa tenue. Il l'aida à changer le bandage léger de son nouveau tatouage, heureux de voir qu'il cicatrisait bien.

Il avait été surpris de découvrir qu'elle avait pris le rendez-vous pendant qu'ils étaient à Hawaï, et deux semaines après leur retour, elle avait fait faire sa nouvelle œuvre.

Le prénom d'Ashton formait désormais une vague dont la crête arrivait juste au-dessus de la ligne de son bikini, et une fois qu'elle aurait reçu le feu vert, il avait hâte d'embrasser cet endroit en allant vers d'autres agréables plaisirs.

Mais ce soir-là, les réjouissances étaient d'un autre genre. L'équipe de la caserne avec laquelle Ashton travaillait avait organisé une fête du personnel de supervision. La soirée était réservée aux adultes, sauf pour le bébé Justin, qui avait fait son arrivée le jour où Ashton et Sonora s'étaient envolés pour les îles.

Brad et Hanna arrivèrent à la maison de Brooke et Mack à Heart Falls en même temps que Sonora et Ashton. Des poignées de main s'ensuivirent, même si Brad et lui s'étaient vus seulement quelques heures plus tôt.

— J'ai apporté le gâteau au chocolat que vous aimez, Ashton, l'informa Hanna.

— Tu offres des gâteries à mon mari ? demanda Sonora en riant alors qu'elle lui tendait une mijoteuse enveloppée dans une couverture.

— Seulement pour le nourrir, plutôt, dit Hanna en tapotant Ashton sur l'épaule. Crissy dit que vous êtes son préféré.

— C'est parce qu'il a emmené ses élèves faire la visite de la caserne et les a laissés essayer la rampe de pompier, dit Brad avant de se plaindre. Je n'étais pas autorisé à utiliser la rampe quand j'étais en sixième.

— Je parie que tu étais loin d'être aussi exigeant, avança Ashton. Ils étaient partout, et je pouvais à peine suivre. Les chevaux sont plus faciles à gérer.

À l'intérieur, la chaleur et une merveilleuse odeur d'épices baignaient la maison. Tout le monde était rassemblé dans la cuisine, certains travaillaient, d'autres se détendaient.

Madison tenait le petit Justin dans ses bras, avec Ryan qui restait à ses côtés. Ils se tenaient près de l'îlot et discutaient avec Alex et Mack pendant que les hommes remuaient des casseroles sur la cuisinière. Derrière eux, Brooke et Yvette mettaient la table, les couverts tintant doucement. Le pull de maternité de Brooke se balançait pendant qu'elle bougeait, et la courbe de son ventre commençait à apparaître.

Sonora alla droit vers Madison et réquisitionna le bébé.

— Il est mignon.

— Bon timing pour votre escapade. Vous avez réussi à rater toute l'excitation, dit Ryan en taquinant Ashton.

— Je serai là pour le prochain, promit Ashton avant d'étreindre Madison. Bien joué, maman. Un joli bébé. Je peux déjà voir qu'il va apporter de la joie à tout le monde autour de lui. Tout comme toi.

Le visage de Madison se déforma une fraction de seconde avant qu'elle n'éclate en sanglots. Un instant plus tard, elle cacha le visage contre le torse de Ryan.

Celui-ci lui tapota le dos pour l'apaiser alors qu'il hochait la tête vers Ashton.

— Bon sang, vous êtes doué.

— Stupides hormones, râla Madison quand elle recula enfin en s'essuyant les yeux.

— N'essaie pas d'expliquer les larmes de joie, dit Sonora en touchant la hanche de Madison de la sienne. Il a raison. Ryan et toi avez fait un joli bébé, mais la fabrication ne s'arrête jamais. C'est les guider pendant qu'ils grandissent et deviennent des personnes merveilleuses qui est vraiment compliqué.

— Heureusement qu'il y a d'autres enfants en route, annonça Alex, une étincelle dans les yeux. Juste pour s'assurer qu'ils ont des amis avec qui partager cette évolution.

Tout le monde se figea, réfléchissant à ce qu'il voulait dire.

Madison cilla fort puis leva une main.

— Pas moi. Nom d'un chien, ce serait la conception la plus rapide du monde. Et même l'immaculée conception, à ce stade.

Ryan se mit à rire.

— Il y a ça...

— Alors qui ? En dehors de Brooke, évidemment, dit Sonora en regardant les deux autres femmes. Pas moi. Je ne prévois pas d'entrer dans le *Guinness des records* en tant que la mère la plus âgée enregistrée. Et puis j'ai décidé il y a longtemps que mon utérus était une zone de stationnement interdit.

— Le mien aussi a encore un panneau *Pas de place Disponible*, assura Yvette. Donnez-nous le temps de profiter de profiter l'un de l'autre pendant un petit moment, s'il vous plaît.

Tous les yeux se tournèrent vers Hanna et Brad.

Brad leva la main de Hanna et lui embrassa doucement les doigts.

— Alex a vendu la mèche, pas moi.

Elle roula des yeux.

— Vous les hommes, vous vous racontez trop de potins pendant les services de nuit à la caserne.

— Oh, allez. Ils racontent tout autant de potins pendant les services de jour, signala Brooke avant de s'élancer pour l'étreindre. Hourra pour cet autre bébé en route.

Conversation, célébration. Une soirée remplie de tout ce qu'Ashton pouvait désirer, surtout avec Sonora à ses côtés.

À un moment, Alex lui donna un léger coup de coude puis pencha la tête vers les femmes, qui discutaient avec enthousiasme.

— Le mariage vous va bien. Et à elle aussi. Je suis content pour vous deux.

— Tu as quelqu'un de spécial aussi, répondit Ashton en indiquant Yvette du menton. Je n'aurais jamais cru que tu y arriverais.

— Nous sommes tous les deux de sacrés veinards, n'est-ce pas ? soupira Alex avec joie.

— En effet.

Des gens bien, de bons amis.

Ils passèrent du temps avec les autres et du temps tous les deux. Ashton fit de son mieux pour de l'anniversaire de Sonora, le 1er février, un moment mémorable. Elle l'emmena visiter les tout nouveaux membres de la famille Stone-Fiels. Les petites filles que Walker et Ivy avaient adoptées étaient d'adorables mômes, et Ashton fut ravi de découvrir qu'il était non seulement grand-père désormais, mais aussi arrière-grand-père.

Il s'enorgueillit de ramper sur le sol et de faire semblant d'être un cheval pour elles. Il eut peut-être aussi une ou deux pensées peu charitables dirigées vers son frère qui lui traversèrent l'esprit.

Prends ça, Steve, et va te faire voir, Monsieur Tu N'as Pas d'Enfants et Moi Si.

~

Ce fut après une autre réunion de gens bien que les dernières graines du changement furent plantées. Ils venaient de célébrer le mariage tant attendu de Tucker et Ginny, et dans le calme après le dîner familial, seuls quatre d'entre eux étaient encore là.

Ashton et Sonora. Caleb et Tamara. Deux générations de responsables de Silver Stone. Ashton, le dernier membre restant de l'équipe d'origine. Caleb, représentant solide de la première pierre qui avait suivi.

Le mariage de Tucker et de Ginny avait uni officiellement leurs familles, et l'instant semblait énorme. D'autant plus que tous deux avaient fixé leur mariage le jour anniversaire de l'accident.

Quinze ans étaient passés depuis qu'ils avaient tant perdu. Quinze ans à apprendre, à grandir et à coopérer pour en arriver à ce stade.

Tamara s'appuya contre Caleb puis se concentra sur Ashton.

— Ginny a révélé il y a quelques semaines quelque chose qu'elle a trouvé dans les journaux de sa mère. Un plan dont Deb et Walter avaient discuté pour le futur de Silver Stone. Vous en connaissez une partie parce que vous étiez là lors des premières conversations.

Une partie du futur dont les Stone avaient rêvé n'avait pas pu se réaliser. Pourtant, en y repensant, Ashton pouvait honnêtement dire qu'il avait fait ce qu'il pouvait pour que d'autres choses qui en faisaient partie se produisent.

— Tes parents étaient des gens très bien.

— Oui, acquiesça Caleb fermement. Mais maintenant nous parlons de toi. Et du fait qu'ils avaient eu des idées pour le jour où tu voudrais passer à la suite.

Ashton cilla.

— Moi ?

Tamara hocha la tête.

— Des programmes de retraite. Silver Stone en avait incorporé une partie dans les salaires, mais il y a une nouvelle information que Ginny a découverte que nous avons vraiment appréciée.

Elle lança un coup d'œil à Caleb.

Il se racla la gorge.

— Je suis désolé que nous n'en ayons jamais discuté, parce que nous aurions dû. C'est une bonne idée qui a été trop longue à arriver. Il y a une portion de terrain sur laquelle papa pensait que tu aimerais construire une maison. Il a vue sur le lac d'un côté et une partie donne sur la rivière côté nord. Alors si Sonora peut te convaincre de ne pas travailler tout le temps, tu pourrais toujours aller pêcher.

Ashton se figea.

— Des terres ? Ici, à Silver Stone ?

— Cet endroit est ton foyer depuis plus longtemps que le nôtre, lui signala Caleb.

— Si tu préfères rester chez Sonora à la place, nous t'aiderons avec ça, proposa Tamara en glissant brièvement la main sur celle de Sonora. Mais vous aimez clairement vivre à la campagne, tous les deux. Nous ferons en sorte que ça fonctionne pour vous aussi longtemps que possible.

Leur propre logement sur les terres de Silver Stone. La gorge d'Ashton devint sèche comme le désert. Il attira Sonora plus près de lui. Il ne parla pas... il n'essaya pas parce que, franchement, rien n'aurait pu passer entre ses lèvres en cet instant.

Sonora le serra étroitement puis se tourna gentiment vers Caleb et Tamara.

— Merci. De notre part à tous les deux. Ce n'est pas seulement une maison que vous proposez, mais un foyer. Nous le savons.

Ashton hocha la tête, ne se fiant toujours pas à sa voix.

Mais d'un autre côté... il se fiait à sa voix *à elle*. De toute son âme.

Sonora pouvait parler et dire ce dont ils avaient besoin parce que, pendant toutes ces années, elle avait écouté et appris, et chaque petite chose qu'elle faisait était censée le rendre heureux.

Ashton se leva puis attrapa la main de Caleb pour attirer le jeune homme dans une étreinte. Sonora serra Tamara dans ses bras, et autour d'eux, le monde sembla un peu plus, lumineux qu'avant.

Cette nuit-là de retour à la maison, Ashton prit Sonora dans ses bras.

— À propos de cette offre des enfants...

Il s'arrêta et secoua la tête.

— Continue. Ils seront toujours *les enfants* pour nous deux, dit-elle en haussant les épaules. Je ne dis pas que nous sommes vieux, mais nous sommes certainement plus âgés.

— En effet.

Ashton regarda lentement la pièce autour de lui. L'endroit confortable où Sonora avait habité pendant tant d'années. Ils avaient tous deux des souvenirs ici. Des bons, et des difficiles. Des premières fois, des disputes, et énormément de rires.

Il avait des souvenirs du dortoir, mais ceux-là étaient... différents. Il n'avait aucun lien qui lui manquerait en déménageant.

C'était ce qu'il devait lui dire clairement à cet instant.

Ashton agita un doigt autour d'eux, pointant les murs, les fenêtres, le tout.

— Nous n'avons pas besoin de construire ailleurs, tu sais. Tu as cet endroit, et il est confortable et cosy. Mais de plus, c'est une partie importante de ta vie. Je ne veux pas que tu l'abandonnes si tu n'en as pas envie.

Sonora posa la main contre sa joue.

— Je sais. Mais cet endroit est différent de ce qu'il était au début. À l'époque, quand je l'ai acheté, il était question de trouver mon indépendance et de prendre un nouveau départ. Maintenant, c'est aussi un refuge pour animaux et un lieu de rassemblement communautaire, et parfois il est plus grand que je n'en ai besoin. Mais peut-être qu'il est pile à la bonne taille pour quelqu'un d'autre.

Elle lança un coup d'œil vers le cadre douillet puis revint vers les yeux d'Ashton.

— C'était un bon foyer, continua-t-elle. *C'est* un bon foyer, mais ce ne sont que quatre murs. Tu es mon cœur, et ensemble, ce qui fera d'un lieu un foyer c'est *nous*.

Il lui embrassa les doigts.

— Et puis nous pourrions prévoir que la nouvelle maison requière moins de corvées et inclue une baignoire plus grande. Non ?

Il se mit carrément à rire.

— Si.

Le silence retomba. Le feu crépitait pendant que Sonora se lovait sur le canapé près de lui et qu'ils lisaient tous deux en silence. Mais ce calme n'avait rien à voir avec les soirées silencieuses qu'Ashton avait passées seul dans son logement du dortoir pendant tant d'années.

Plus remplie, plus brillante. Plus, tout simplement.

Elle t'aime, et j'en suis content. C'est ton travail de l'aimer et de prendre soin d'elle à partir de maintenant, d'accord ?

Ashton lança un coup d'œil autour de lui, se demandant qui avait parlé. Il n'y avait personne d'autre dans la pièce. Il n'y avait pas de musique, aucun téléphone à proximité. Seulement lui, Sonora et Beauty pelotonnée près du feu, soupirant de plaisir comme seul un vieux chien peut le faire.

Est-ce qu'il entendait des voix ? Peut-être.

Mais les mots résonnaient dans sa tête, et il les accepta comme la vérité jusqu'aux tréfonds de son âme. Aimer Sonora était ce qu'il avait toujours été censé faire.

Il lui attrapa les doigts et les serra fort.

Elle se tourna vers lui, arquant un sourcil.

Il lui leva le menton et lui caressa doucement la joue.

— Je parlais simplement à un fantôme. Lui expliquant combien je t'aime.

Elle écarquilla les yeux un instant, puis les lèvres d'Ashton se retrouvèrent sur les siennes. Un baiser, puis un autre. Il ne prévoyait pas de s'arrêter. Ni de l'embrasser, ni de l'aimer.

À partir de maintenant, et pour l'éternité.

Heart Falls. Cette petite ville du centre de l'Alberta, au Canada, est nichée dans un paysage vallonné, avec les Rocheuses majestueuses à l'ouest, et des kilomètres de ranch à l'est. La plupart de ses habitants y vivent depuis plusieurs générations ou cherchent un nouveau départ loin de leurs anciennes habitudes.

Heart Falls est l'endroit parfait pour que l'amour vienne frapper à la porte, emportant tout le monde dans son sillage. Chacun de ces tomes peut se lire indépendamment des autres. Ils sont tous légers, romantiques et piquants, écrits avec amour pour ceux qui aiment s'évader avec une belle histoire pendant les vacances d'hiver.

Noël à Heart Falls
Tome 1: Le Joyeux Noël du pompier
Tome 2: Le Vœu d'un soldat
Tome 3: L'Espoir du héros
Tome 4: Un rêve de cow-boy
Tome 5: Baiser pour un rancher

Vivian fait actuellement traduire ses nombreuses séries. Merci de consulter son site web pour toutes les dernières informations.
www.vivianarend.com/fr

À PROPOS DE L'AUTEUR

Avec plus de 3 millions de livres vendus, Vivian Arend est une auteure de best-sellers figurant aux classements du New York Times et de USA Today. Elle a écrit plus de 70 romances contemporaines et paranormales.

Ses livres sont des romans intégraux qui peuvent se lire indépendamment de toute série et ne se terminent pas sur un suspense. Ce sont des histoires pleines d'humour et d'émotions, avec des moments sensuels et des fins heureuses. Vivian estime avoir le plus beau métier au monde. Elle habite en Colombie-Britannique, au Canada, avec son mari depuis plusieurs années (l'inspiration de chacun de ses héros et un compagnon volontaire pour toutes sortes d'aventures).

NOTES

Les fantômes du Noël Passé

i. NdT : Ivy signifie « lierre », Tansy « tanaisie » et Fern « fougère ».
ii. NdT : Icy signifie « glacée » ou « glaciale ».

Chapitre 3

i. NdT : célébrée le 1er juillet.

Chapitre 8

i. NdT : Jeu de cartes, qui se joue à deux ou trois joueurs, où il faut atteindre 121 points en faisant le tour d'une planche dite *de cribble*.

Chapitre 9

i. NdT : Allusion au fait que *stone* signifie *pierre*.

www.ingramcontent.com/pod-product-compliance
Lightning Source LLC
Chambersburg PA
CBHW030134010826
48973CB00002B/554

9781998508105